MW01534870

WRANGLED – INS BETT GETRIEBEN

STEELE RANCH - BUCH 2

VANESSA VALE

Copyright © 2018 von Vanessa Vale

Dies ist ein Werk der Fiktion. Namen, Charaktere, Orte und Ereignisse sind Produkte der Fantasie der Autorin und werden fiktiv verwendet. Jegliche Ähnlichkeit mit tatsächlichen Personen, lebendig oder tot, Geschäften, Firmen, Ereignissen oder Orten sind absolut zufällig.

Alle Rechte vorbehalten.

Kein Teil dieses Buches darf in irgendeiner Form oder auf elektronische oder mechanische Art reproduziert werden, einschließlich Informationsspeichern und Datenabfragesystemen, ohne die schriftliche Erlaubnis der Autorin, bis auf den Gebrauch kurzer Zitate für eine Buchbesprechung.

Umschlaggestaltung: Bridger Media

Umschlaggrafik: Deposit Photos- prometeus

HOLEN SIE SICH IHR KOSTENLOSES BUCH!

TRAGEN SIE SICH IN MEINE E-MAIL LISTE EIN, UM ALS ERSTES VON NEUERSCHEINUNGEN, KOSTENLOSEN BÜCHERN, SONDERPREISEN UND ANDEREN ZUGABEN ZU ERFAHREN. SIE ERHALTEN EIN KOSTENLOSES BUCH FÜR IHRE ANMELDUNG! TRAGEN SIE SICH IN MEINE E-MAIL LISTE EIN, UM ALS ERSTES VON NEUERSCHEINUNGEN, KOSTENLOSEN BÜCHERN, SONDERPREISEN UND ANDEREN ZUGABEN ZU ERFAHREN. SIE ERHALTEN EIN KOSTENLOSES BUCH FÜR IHRE ANMELDUNG!

kostenlosecowboyromantik.com

1

JAMISON

ICH BEOBACHTETE, wie Gäste das ʻSilky Spur' betraten und verließen. Da heute Line Dancing Nacht in der örtlichen Bar am Stadtrand war, war der Laden brechend voll. Anders als alle anderen, die hierherkamen, um Spaß zu haben, kämpfte ich gegen ihn an. Nein, ich kämpfte gegen mich selbst an, weil *sie* dort drin war. Und ich ignorierte meinen Schwanz, der an meinem Innenschenkel ruhte, schmerzhaft hart und ohne eine Chance, dass er erschlaffen würde. Wenn ich darauf hören würde, was er wollte, dann würde ich inzwischen bis zu meinen Eiern in ihr stecken. Aber ich lebte nicht nach dem, was mein Schwanz wollte – ich war schließlich nicht mehr neunzehn – bis jetzt. Bis *sie* kam.

Ich hatte gesehen, wie sie mit Shamus und Patrick und ein paar anderen von der Ranch vor über einer Stunde reingegangen war. Ja, ich stalkte sie, aber sie brauchte jemanden, der auf sie achtgab. Sie beschützte. Im Vergleich zu einigen der Frauen in winzig kleinen Shorts, die kaum ihre Pobacken bedeckten, und knappen Tops, war sie konservativ gekleidet in einem Jeansrock, Cowboystiefeln und einem Westernhemd.

Es war egal, ob sie das trug oder einen Jutesack. Ich konnte mir jeden einzelnen Zentimeter ihres Körpers darunter vorstellen. Ein zierliches, sinnliches Gesamtpaket. Es war nur von Bedeutung, dass niemand sonst all diese Perfektion sah. Ich umklammerte das Lenkrad so fest, dass meine Knöchel weiß hervortraten, während ich daran dachte, dass ich jeden Kerl, der sie auch nur mit einem Finger berührte, zu Brei schlagen würde. Außer Boone. Ich wollte beobachten, wie er seine Hände überall auf ihren Körper legte.

Fuck. Ich saß draußen auf dem Parkplatz und tat rein gar nichts. Es waren drei Tage vergangen, seit ich Penelope Vandervelk, die zweite Steele Tochter und Erbin, die in Montana ankam, zum ersten Mal erblickt hatte, und seitdem dachte ich an nichts anderes als sie. Ihre langen blonden Haare. Wie winzig sie war. Ihr Kopf reichte nicht einmal bis zu meinen Schultern. Ihre blauen Augen. Und diese Titten und Arsch. Für jemanden, der so zierlich war, hatte sie mehr Kurven als eine Straße durch die Berge. Zweifellos würden diese üppigen Wölbungen größer als meine Handflächen sein und ihre Hüften...sie wären perfekt, um sie zu packen und zu halten, während ich sie von hinten fickte.

Ich stöhnte in dem engen Raum des Fahrerhauses meines Trucks. Ich wollte sie mit einer Verzweiflung, die ich nie gekannt hatte. Ich hatte gesehen, wie sich Cord Connolly und Riley Townsend Hals über Kopf in Kady Parks verliebt hatten. Auch wenn ich nicht über die Plötzlichkeit, die Intensität ihrer Verbindung gelacht hatte, so hatte ich doch stark daran gezweifelt, dass mir so etwas jemals passieren würde. Ich hatte so verdammt falschgelegen. Zur Hölle, sie würden jetzt *mich* auslachen, wenn sie wüssten, was ich tat. Wieder, rein gar nichts mit einem Schwanz, der so hart wie ein Stahlträger war.

Ich wollte Penelope. Mein Schwanz – und mein Herz – würden keine andere akzeptieren. Ich nahm jetzt andere Frauen nicht einmal mehr wahr. Zu groß, zu dünn, zu...was auch immer. Es war unwichtig. Sie waren nicht *sie*.

Das Schlimmste daran? Sie war zweiundzwanzig. Meine Güte, ich war sechzehn Jahre älter. *Sechzehn!* Genug Jahre, um es besser zu wissen, als mit ihr etwas anzufangen. Und was ich mit ihr anfangen wollte, würde sehr versaut sein. Ich sollte sie verdammt nochmal in Ruhe lassen. Sie einen Jungen in ihrem Alter finden lassen. Ja, einen Jungen. Kein Bursche kannte sich so mit einer Pussy aus wie wir. Ihr würde entgehen, was Boone und ich ihr geben könnten, was sie verdiente. Und dennoch wusste ich, dass es falsch war. Das war der

Grund, warum sie mit Patrick und Shamus im Silky Spur war. Sie gingen noch aufs College, waren im selben beschissenen Jahrzehnt geboren. Sowie auch die anderen Rancharbeiter, mit denen sie dort war. Und dennoch ließ mich der Gedanke, dass einer von ihnen sie berührte – zur Hölle, allein der Gedanke, zwischen diese wundervollen Schenkel zu gelangen – rotsehen.

Boone und ich waren diejenigen, die sehen würden, wie sich diese Titten aufrichteten und die an ihren Nippeln saugen würden. Die von all diesem klebrigen süßen Honig direkt an der Quelle kosten würden. Die hören würden, wie sie unsere Namen schrie, während sie kam. Während sie meinen Schwanz molk und jeden Tropfen meines Spermas aus meinen Eiern quetschte.

Fuck, ja. Und wenn sie mich leergepumpt hatte, würde ich zusehen, wie sie mit Boone zur Sache kam, denn ein harter Schwanz würde für sie nicht genug sein. Am Morgen danach würde sie nicht mehr in der Lage sein, richtig zu laufen und sie würde sich nicht mehr an ihren eigenen Namen erinnern.

Und das war der Grund, warum ich hier war. Ich hatte mich lange genug zurückgehalten. Mein Schwanz befahl mir, sie mir zu schnappen. Mein Gehirn sagte, ich solle die Hände von ihr lassen. Bis jetzt. Mir sollte eine verdammte Medaille verliehen werden, weil ich mich so lange zurückgehalten hatte. Drei Tage waren reine Folter. Nicht länger. Der Gedanke, dass sie vor anderen Männern tanzte und mit diesem perfekten Arsch *wackelte*, zerstörte auch meinen letzten Vorsatz. Ich hatte darauf gewartet, dass *Die Eine* auftauchte. Achtunddreißig Jahre lang. Dies war kein One-Night-Stand. Dies war kein vorübergehendes Verlangen.

Nein. Dies war das Richtige, das einzig Wahre.

Ich wollte Penelope – für immer – und ich würde sie bekommen.

Da diese Entscheidung nun gefällt war, schnappte ich mein Handy und rief Boone an.

„Ich gebe auf."

Das war alles, was ich sagte, aber er wusste genau, was ich meinte. „Wurde auch verdammt Zeit, dass du deinen Kopf endlich aus dem Sand ziehst. Mein Schwanz hat die Nase von meiner Faust gestrichen voll."

Anscheinend war sie in den vergangenen Tagen Bestandteil unserer beider Fantasien gewesen. Während Boone allerdings zu Gedanken an Penelope abgespritzt hatte, hatte ich es mir untersagt. Ich wollte jeden einzelnen Tropfen meines Samens für sie aufsparen und meine Eier protestierten schmerzhaft dagegen. Meine Faust würde nicht länger ausreichen. Ein Blick auf sie und ich wollte zum Höhepunkt kommen, während diese enge Möse mich heiß und feucht umgab. Für immer.

Boone war auf der Ranch gewesen, als sie angekommen und aus ihrem Kleinwagen, der bis zum Dach mit ihrem Zeug beladen war, gestiegen war. Süß, jung, unschuldig. Verdammt umwerfend. Er hatte mir *den Blick* zugeworfen und ich hatte gewusst, dass er das Gleiche dachte wie ich. Sie war die Eine. Sie würde die Unsere werden. Da ich nicht bereit gewesen war und wie ein Berserker darum gekämpft hatte, meine Distanz, bis auf die übliche Vorstellungsrunde, zu wahren, hatte er sich ebenfalls zurückgehalten und sich ihr nicht weiter genähert. Wir würden es gemeinsam tun, denn sie würde zu uns beiden gehören. Wir würden sie nehmen, sie erobern, sie ficken, sie lieben. Zusammen.

Offensichtlich hatte er gewusst, dass ich irgendwann der blondhaarigen Versuchung erliegen würde. Ich hasste seine abgrundtiefe Geduld. Ich hasste sie bereits, seit wir kleine Kinder waren, der Mistkerl. Ich explodierte zwar nicht bei der kleinsten Gelegenheit, aber im Vergleich zu Boone war ich unbesonnen und spontan. Deswegen war er so ein verdammt guter Arzt. Aber seine Worte bewiesen, dass er in Bezug auf sie nicht annähernd so locker war, wie ich gedacht hatte.

„Komm zum Silky Spur", blaffte ich, während ich die Tür meines Trucks öffnet und ausstieg. „Es ist an der Zeit, unser Mädel zu erobern."

2

PENNY

ICH HATTE KEINE AHNUNG GEHABT, dass Line Dancing so viel Spaß machen könnte. Ich konnte das Grinsen auf meinem Gesicht nicht zurückhalten oder wie...gut ich mich fühlte. Jetzt wusste ich, warum die Leute sagten, dass man auf den Putz hauen und einfach Spaß haben sollte. Spaß, der mir

entgangen war, weil ich monatelang bis
zum Hals in Forschungen gesteckt hatte,
sowie dem Schreiben meiner Master
Thesis und dem Entwurf meiner
Dissertation. Oh, es hatte sich bezahlt
gemacht. Mir wurde sogar per E-Mail
ein Jobangebot von einer großen Öl- und
Gasfirma geschickt. Auch einige kleinere
Firmen hatten mir Angebote geschickt,
aber die internationale Firma war
wirklich an mir interessiert gewesen und
hatte ihr Angebot ernst gemeint. Aber all
die Arbeit und die öden – dennoch sehr
lukrativen – Jobangebote hatten nur
bestätigt, was ich bereits wusste. Ich
wollte nicht im Bereich Öl und Gas
arbeiten. Ich lebte nicht *mein* Leben.

Natürlich war mir auch nie die
Möglichkeit gegeben worden, einfach
nur *Spaß* zu haben. Meine Eltern –
meine Mutter und der Mann, von dem
ich gedacht hatte, er wäre mein Vater –
würden tot umfallen, wenn sie in einer

Country-Bar gesehen würden. Ich lachte, während ich meine Füße im Takt mit dem flotten Tempo des Liedes bewegte und die Schritte lernte, indem ich die in der Reihe vor mir nachahmte. Ich bewegte mich ein wenig ungeschickt, aber das war mir egal. Niemand beachtete meine Fehler, wies mich auf sie hin oder machte sich über mich lustig. Niemand wusste, wer ich war. Und viel wichtiger – niemand wusste, wer meine Eltern waren. Gott sei Dank.

Alle stampften und klatschten, wiegten und drehten sich gemeinsam. Die verrauchte Luft war durch die Menschenmenge ein wenig dampfig. Shamus sah mich, als ich an ihm vorbeiwirbelte, zwinkerte mir zu und schenkte mir ein unbeschwertes Lächeln. Ich konnte nicht anders, als zurück zu grinsen und zu winken und dann einen Takt zu spät den Fersenstampfer zu machen, der als nächstes kam. Als das Lied endete, klatschte und jubelte jeder, manche pfiffen sogar auf diese ohrenbetäubende Art und Weise, die die Haushälterin meiner Eltern nutzte, um die Hunde zu rufen. Ich hatte diese Fähigkeit nie gelernt, weil meine Mutter sie für ungehobelt hielt und sagte, dass das einer der Gründe wäre, warum Mrs. Beauford es nie in eine höhere Position schaffen würde.

Gott, meine Mutter.

Warum dachte ich immer an sie, an die Familie, die...ganze...Zeit? Ich war nicht mehr in der Schule oder auf meiner Forschungs-/Arbeitsreise in Island. Ich war in Montana und stand, zur absoluten Enttäuschung meiner Mutter, nicht mehr unter ihrer Fuchtel. Sie würden unter keinen Umständen hierherkommen, nicht einmal, um mich aus dieser Bar zu zerren.

Nein. Ich war hier sicher vor innen.

Sicher war genaugenommen nicht das richtige Wort. Sie waren nicht *gefährlich*. Sie würden mich niemals körperlich verletzen. Emotional? Ja, ich hatte einige ziemlich tiefe Narben. Die einzige Gefahr, die mir von den Vandervelks drohte, war mich selbst zu verlieren. Und Aiden Stelle, möge er in Frieden ruhen, hatte mich gerettet. Ich wünschte, er wäre noch am Leben, so dass ich ihm danken, ihn umarmen und küssen könnte in einer öffentlichen und beschämenden Zurschaustellung meiner Zuneigung. Ich wusste jetzt, warum ich nie in meine Familie gepasst hatte. Ich schlug nach meinem Vater, einem Vater, von dessen Existenz ich bis vor zwei Wochen nicht gewusst hatte. Es erklärte *so* viel, sogar warum ich Line Dancing mochte. Hatte er es gemocht? So wie er durchs Land gezogen und fünf uneheliche Töchter gezeugt hatte, musste ich annehmen, dass er Line Dancing zumindest ausprobiert hatte.

Ich fragte mich nur, wie so ein Kerl für eine Nacht im Bett meiner Mutter erlaubt gewesen war. Ich wischte mir über die Stirn und leckte über meine trockenen Lippen, während ich mich auf den Weg zurück zu den anderen machte und unterdessen versuchte, das Bild meiner Mutter, die mit jemandem Sex hatte, aus meinem Gehirn zu verscheuchen.

„Amüsierst du dich?", fragte Patrick. Er stand an einem Stehtisch, seine Unterarme ruhten darauf, während er auf meine Antwort wartete.

„Absolut." Ich zupfte an meinem Oberteil in dem Versuch, mich abzukühlen. Die Bar war proppenvoll und das Tanzen hatte mir eingeheizt. „Hast du ein Date bekommen?"

Er grinste und selbst in dem schummrigen Licht konnte ich

erkennen, dass er errötete. Kurz nachdem wir hier angekommen waren, hatte er eine Frau entdeckt, in die er sich verguckt hatte – seine Worte, nicht meine – und er war zu ihr gegangen.

„Morgen Abend. Bereit für ein Bier?"

Ich nickte und er schenkte mir aus der Plastikkaraffe, die in der Tischmitte stand, ein Glas ein, während er mir von ihr erzählte. Er stand definitiv auf sie. Patrick, Shamus und die anderen Männer waren alle wirklich nett. Und sie waren auch kein schlechter Anblick. Niemand auf der Steele Ranch war weniger als gut aussehend. Hier draußen musste irgendwas im Wasser sein. Oder vielleicht waren es die anstrengenden Arbeiten auf der Ranch, die ihre Haut gebräunt und ihre Muskeln so prall hatte werden lassen. Aber es war keiner von ihnen, an den ich dachte. Oder ihre hinreißenden Körper. Sie waren alle nett und all das, aber eher wie Brüder als

Männer, mit denen ich ausgehen...oder schlafen würde. Es waren Jamison und Boone, bei denen ich dahinschmolz.

Ja, Jamison *und* Boone.

Ich hatte den Brief von Riley Townsend, dem Immobilienanwalt, bezüglich meines Erbes nach meiner Rückkehr von Island entdeckt. Er war zusammen mit einem riesigen Haufen anderer Briefe, die ich dort hatte sammeln lassen, auf dem Postamt gewesen. Monatelang. Riley war derjenige gewesen, dem ich von meinen Plänen, nach Montana zu kommen, erzählt hatte, aber ich hatte kein endgültiges Datum oder Zeitrahmen genannt. Ich war allein quer durchs Land von North Carolina hierhergefahren und zu dem Zeitpunkt hatte ich keine Ahnung gehabt, wie lange das dauern würde. Als ich schließlich vor dem Haupthaus der Ranch geparkt hatte, war ich von einer großen Gruppe Männer begrüßt worden. Sie mussten gehört haben, dass ich mich näherte oder den aufgewirbelten Staub hinter meinem Auto auf der langen Schotterstraße gesehen haben. Was auch immer der Fall war, mein erster Gedanke, als sie alle zu mir liefen, war, ob sie gerade ein Fotoshooting für einen Cowboy Kalender machten, da sie alle Jeanshosen, Westernhemd und Cowboyhut tragende, heiße Kerle waren. Einer wie der Andere.

Aber zwei waren mir besonders ins Auge gefallen und hatten mein Herz aussetzen lassen. Jamison und Boone. Ja, sie waren mehr als gut aussehend, aber die Art, wie sie mich mit unfassbarer Intensität angeschaut hatten, als ob sie sehen könnten, wie nervös, müde, aufgeregt und hoffnungsvoll ich war, war unglaublich. Sie schienen in der Lage zu sein, *mich* zu sehen.

Die Anderen hatten im Vergleich zu ihnen wie junge, ungestüme Welpen gewirkt. Jamison war der Vorarbeiter der Steele Ranch, der Hauptverantwortliche. Boone, der erklärt hatte, dass er nicht wie die Anderen auf der Ranch leben würde, war dort gewesen, um nach einem der Männer zu sehen, der sich von einer Gehirnerschütterung erholte.

Ich hatte mich neben ihnen klein gefühlt. Da ich sehr klein war, war praktisch jeder über zwölf Jahren größer als ich, aber Jamison musste mindestens dreißig Zentimeter größer sein als ich, Boone sogar noch ein bisschen mehr. Ich hätte nervös sein sollen. Sie könnten mich spielend leicht überwältigen oder verletzen. Aber ich hatte nicht so empfunden. Nein, ich hatte mich...beschützt gefühlt. Und ein wenig verblüfft, weil sie mich angetörnt hatten. Und zwar sehr. Ich *war* erregt worden, nur indem ich ihre

Hände geschüttelt und ihrem forschenden Blick so nah ausgesetzt gewesen war. Mein Slip war allein durch eine kurze Vorstellungsrunde und die Art, wie ihre Blicke über jeden einzelnen Zentimeter von mir gewandert waren, feucht geworden. Seitdem hatte ich an nichts anderes gedacht als sie. Zwei ältere, erfahrene Cowboys, die zweifellos wussten, was sie mit ihren Händen und…jedem anderen *großen* Teil von sich machen mussten.

„Tut mir leid, dass Kady es nicht hierher geschafft hat", sagte Shamus mit erhobener Stimme, so dass er die Musik übertönte. Er war ein Bachelorstudent auf dem staatlichen College, wo er Tierwissenschaften studierte und würde in ein paar Wochen für sein Abschlussjahr dorthin zurückkehren. „Cord und Riley sind mit ihr zurück an die Ostküste gegangen. Irgendeine Art

Abschiedsfeier. Ich weiß, sie freut sich darauf, dich kennenzulernen."

Ich nahm einen Schluck von meinem kalten Bier und versuchte mir Kady vorzustellen. Ich wusste so gut wie nichts über sie, nur dass sie eine Lehrerin war und sich in einer ernsthaften Beziehung mit dem Anwalt, Riley, und einem weiteren Mann befand. Eine Dreierbeziehung. Ich sollte überrascht sein und vielleicht war ich das auch, aber nur weil *ich* ebenfalls auf zwei Männer scharf war. Ich war ihnen nur für ganze zehn Minuten begegnet, aber trotzdem. Ich fühlte mich zu Jamison und Boone...hingezogen. Verrückt? Ja.

Ich wollte sie wiedersehen, um herauszufinden, ob dieses Gefühl ein Zufall gewesen war oder mehr. Jamison schien nicht mit den anderen Männern rumzuhängen – da er nicht hier war – vielleicht weil er älter war oder er mochte Line Dance nicht. Ich schätzte, dass er näher an der Vierzig als der Dreißig war. Das Gleiche galt für Boone. Es störte mich nicht, dass sie so viel älter waren. Nichts, das ich wusste – oder sah – störte mich auch nur ein bisschen.

Was Kady betraf, wenn sie eine funktionierende Beziehung mit zwei Männern führen konnte und es niemanden zu interessieren schien, vielleicht könnte ich das dann auch. Gott, ich dachte an eine *Beziehung* und hatte kaum ein Gespräch mit Jamison oder Boone geführt. Ich benahm mich lächerlich. Die Tatsache, dass ich sie seit meiner Ankunft nicht gesehen hatte, bewies nur, dass sie höchstwahrscheinlich gar nicht an mich dachten. Sie hatten sich nur wie Gentlemen verhalten und mich willkommen geheißen. Nicht mehr.

Ich trank einen großen Schluck von meinem Bier.

„Es ist okay. Sie wird bald zurück sein und ich gehe nirgendwo hin."

Das würde ich nicht. Ich hatte vor, in Barlow zu bleiben. Ich musste nur mit meiner Mutter fertig werden. Irgendwann. Nur nicht genau jetzt. Ich hatte zu viel Spaß. Montana stimmte definitiv mit mir überein.

„Hast du andere Brüder und Schwestern?", fragte er, als es eine Pause zwischen den Liedern gab.

„Mir wurde gesagt, dass ich außer Kady noch drei andere Halbschwestern habe, die ich noch nicht kennengelernt habe. Dann habe ich noch drei Stiefgeschwister. Eine Schwester und zwei Brüder. Alle älter." Sie waren die Kinder meines Vaters – nein, Stiefvaters – aus einer vorherigen Ehe und wir standen uns nicht nahe, um es gelinde auszudrücken. Wie sich herausstellte, sind wir nicht einmal verwandt. Wir teilten uns kein Blut. Da wir

Halbschwestern waren, hoffte ich, dass Kady und ich zumindest freundschaftlich miteinander würden umgehen können.

„Es war nett von dir, mich zu fragen, ob ich mitkommen möchte", sagte ich und wechselte das Thema. „Line Dancing macht Spaß."

Als ich sie gefragt hatte, was man zu solch einer Aktivität anzog, hatten sie nur an sich selbst hinabgesehen auf ihre Jeans und Hemden und mir dann von dem Westernklamottenladen in der Stadt erzählt. Betty, die Ladenbesitzerin, war eine große Hilfe gewesen, Dinge zu finden, mit denen ich dazu passen würde, einschließlich Cowboystiefeln und einem süßen Jeansrock.

„Hast du es noch nie zuvor gemacht?", fragte Patrick, während er sich auf einem der Barhocker niederließ und sich den Krug schnappte, um sein Glas aufzufüllen.

Ich schüttelte meinen Kopf. „Nö. Es ist nichts, was ich im College getan habe und seitdem war ich in Island." Als ob das alles erklärte. Das tat es nicht. Ich hatte der gleichen Studentenverbindung wie meine Mutter angehört und Line Dancing passte definitiv nicht zu dieser Gruppe. Ihr hatte Island auch nicht gefallen – zu wild – aber es war der Ort, an den ich gehen musste, um meine Forschungen für meinen Abschluss zu unternehmen, also war es *akzeptabel*. Ich versuchte, mir meine Mutter in einer Country-Bar vorzustellen und das brachte mich zum Lächeln. Dann kehrten die Gedanken daran, wie sie Aiden Steele in ihrem Bett gehabt hatte, zurück. Bäh. Ich stellte mein Glas ab, strich mir die Haare hinter mein Ohr. „Ich werde schnell zur Toilette gehen. Bin gleich zurück."

Sie nickten, bevor ich davonlief und mich durch die enge Menge zu dem Flur im hinteren Bereich der Bar kämpfte. Ich würde beim Laden vorbeischauen und mich bei Betty für ihre Hilfe bedanken müssen. Ich fügte mich perfekt in die Menge ein und die Stiefel waren toll und so gar nicht ich. Nein, vielleicht waren sie mein *neues* Ich.

Ein Mann trat mir in den Weg und legte seine Hand auf meine Taille. „Na, du", sagte er. Er war Mitte zwanzig, groß. Aber sein Lächeln war nicht freundlich und seine Berührung war grob. Ich wich zurück, aber seine Finger gruben sich in meine Haut.

„Hi", erwiderte ich, wobei ich ihm nicht in die Augen sah. „Bin auf dem Weg zur Toilette."

Ich trat nach rechts in dem Versuch, um ihn herumzugehen. Er streckte seinen Arm aus, legte seine Hand an die Wand und blockierte mir den Weg.

„Ich habe dich da drüben tanzen gesehen. Ich mag deine Dance Moves."

Sein heißer Atem strich über meinen Hals und ich zuckte zusammen.

„Danke. Schau, ich muss mal pinkeln." Ich duckte mich schnell unter seinem Arm hindurch – ein Vorteil daran, so klein zu sein – und stürmte zur Toilette. Atmete aus. Ich blieb länger, als ich musste, ausnahmsweise einmal dankbar für eine Warteschlange, da ich hoffte, er würde aufgeben oder jemand anderen finden, den er anmachen konnte. Jemanden, der interessiert war. Ich war es jedenfalls nicht.

Aber als ich rauskam, war er immer noch dort und lehnte mit verschränkten Armen an der Wand. „Das hat aber lang gedauert."

Ich blickte ihn finster an und begann den Gang hinunterzulaufen, da ich beschloss, ihn einfach zu ignorieren, aber er trat mir in den Weg. „Komm schon, Baby."

„Mein Name ist nicht Baby." Ich steuerte nach links. Er trat vor mich.

„Wie lautet er dann? Denn ich muss ihn wissen, damit ich den richtigen Namen schreie, wenn ich dich ficke."

Würg.

„Das wird nicht passieren." Ich schüttelte meinen Kopf, trat nach rechts, dann links und versuchte um ihn herum zu gehen. Er war nicht das erste Arschloch, mit dem ich es zu tun hatte und er war zweifellos hartnäckig. Aber als er zu mir trat und uns drehte, so dass ich einen Schritt zurück machte und gegen die Wand gepresst wurde und jeder harte Zentimeter seines Körpers mich an Ort und Stelle hielt, stieg Panik in mir hoch. Er roch nach abgestandenem Bier und Schweiß.

Und als sich seine riesige Pranke auf die Rückseite meines Schenkels legte, begann ich zu kämpfen. Es war nur eine

Frage der Zeit, bevor sie nach oben wandern würde.

„Lass mich los." Meine Hände gingen zu seiner Brust, um ihn wegzudrücken, aber er war einfach zu groß. Zu stark.

„Nicht, bis ich zumindest ein wenig Spaß mit dir hatte."

3

BOONE

DIE BAR WAR PROPPENVOLL. Ich hasste Menschenmengen, hasste laute Musik. Ich wäre für nichts – oder niemanden – durch diese Türen getreten, außer für Penelope. Ich hatte verdammt großes Glück gehabt, dass ich auf der Steele Ranch gewesen war, als sie vor ein paar Tagen dort angekommen war und das nur, weil Davies eine Nachuntersuchung wegen seiner Gehirnerschütterung benötigt hatte. Ihm ging es gut und in ein paar Tagen würde er wieder zurück im Sattel sein.

Was mich betraf? Nur der Anblick ihres straffen, kleinen Körpers hatte dafür gesorgt, dass ich mich so fühlte, als wäre *ich* derjenige gewesen, der von einem Pferd gefallen war und sich seinen Kopf an einem Zaunpfahl angeschlagen hatte. Es war passiert – ich würde nie wieder der Gleiche sein. Sie war nicht mein Typ. Ich hatte mich nie an winzige, kurvige Blondinen rangemacht, aber vielleicht war das der Grund, warum ich immer noch Single war. Penelope Vandervelk war ein heißes, kleines Gesamtpaket und ich wollte sie Schicht für Schicht auspacken, bis sie nackt vor mir stand. Und vor Jamison.

Ich meinte nicht nur ihre Kleidung. Nach dem Tag neulich hatte ich im

Internet Nachforschungen über sie angestellt. Sie war nicht nur umwerfend, sondern auch noch schlau. Und das machte sie sogar noch unglaublicher.

Aber das bedeutete rein gar nichts, wenn ich sie nicht haben konnte. Jamison hatte darauf bestanden, dass wir zu alt für sie waren. Er hatte recht, das waren wir. Zur Hölle, sich um eine Zweiundzwanzigjährige zu bemühen, wenn man fünfunddreißig war, war ja schon fast so, als würde man sich eine Freundin im Kindergarten suchen. Aber sie war immerhin nicht so jung, dass man im Knast landen würde, wenn man etwas mit ihr anfinge und sie war volljährig. Sie hatte einen verdammten Master und genug Jahre auf dem Buckel, um zu wissen, wie die Dinge liefen. Und mit dieser Sanduhr-Figur und heißen Muschi wusste sie bestimmt, wie sie mit einem Mann umgehen musste. Mein Schwanz fand alles an ihr absolut heiß, sogar ihren brillanten Kopf. Nachdem ich die Ranch an jenem Tag verlassen hatte, hatte ich zur Seite fahren und mir einen runterholen müssen. *Am Straßenrand.*

Ich hatte darüber fantasiert, wie es sich anfühlen würde, wenn ihre kleine Muschi auf meinen Schwanz tropfte. Wie heiß und feucht und begierig sie wäre, dass meine Zunge jeden Tropfen aufleckte. Und das war der Moment gewesen, in dem ich wie ein beschissener Geysir in meiner Hand explodiert war. Ich war nicht mehr so angetörnt gewesen, seit ich fünfzehn war.

Und Jamison dachte, wir wären zu alt. Ich hatte nur verdammt geduldig sein und auf Jamison warten müssen, dass er den Kopf aus dem Sand zog. Glücklicherweise hatte ich zwei zwölf Stunden Schichten gehabt, um mich von Gedanken an Penelope abzulenken. Drei

Tage. Drei lange Tage des Wartens, dass er den Kampf aufgab. Endlich. Endlich hatte er sein anderes Gehirn für sich denken lassen.

Ich schüttelte ungeduldig meinen Kopf, als ich direkt hinter ihm in die Bar lief. Er wurde sofort von einem Freund begrüßt und war gezwungen, Hallo zu sagen. Da ich mich nur auf unser hinreißendes Ziel konzentrierte, hielt ich mich von ihnen fern und begab mich stattdessen auf die Suche nach Penelope, wobei mir mein steifer Schwanz praktisch den Weg wies.

Ich entdeckte die Männer von der Ranch und schob mich durch die Menge zu ihrem Tisch. Ein neues Lied erklang durch die versteckten Lautsprecher und ich musste schreien, um gehört zu werden, während ich mich umsah. „Wo ist Penelope?"

Patrick hielt ein sauberes Pint-Glas hoch. „Willst du ein Bier?"

Ich schüttelte meinen Kopf. Ich wollte kein Bier. Ich wollte meine Frau. Ich wiederholte die Frage. Patrick beugte sich zu mir und schrie: „Toilette."

„Allein?", entgegnete ich.

Shamus schlug mir auf die Schulter. „Seit wann folgen wir einer Frau auf die Toilette?"

Ich blickte mich um, erfasste all die Frauen, die spärlich bekleidet waren, und all die Männer, die sie anglotzten, bereit zum Ficken.

„Seit dieser Schuppen zu einer Fleischbeschau wurde." Ich neigte meinen Kopf in die Richtung einer Frau, die in einem Jeansrock der Größe eines Pflasters vorbeilief. Wenn sie ihre Arme in die Luft heben würde, wäre sie bereit für eine Untersuchung beim Gynäkologen. Sie war hübsch auf eine fick-mich-jetzt Art und Weise, aber sie war nicht Penelope. „Wenn du eine Dame in einen Laden wie diesen bringst, dann behältst du sie gut im Auge. Wenn sie zur Toilette geht, dann wartest du im verdammten Flur auf sie."

Die zwei Jungs – sie waren verdammte Jungs – wandten ihren Blick endlich von dem Hintern der vorbeilaufenden Frau und nickten, als ob ich irgendeinen genialen Ratschlag gegeben hätte.

„Sie ist seit ungefähr zehn Minuten weg", sagte Shamus, während er auf seine Uhr blickte.

Ich kannte Frauen und wusste, wie lang sie brauchten, um zu tun, was auch immer zum Geier sie in einer Toilette trieben. Aber zehn Minuten? Ich sah, wie sich Jamison näherte und zeigte mit dem Kopf in Richtung des hinteren Bereichs. Er veränderte seine Laufrichtung und traf mich dort.

„Lass mich in Ruhe!"

Ich hörte Penelopes Stimme, bevor ich sie sah. Das war so, weil dieses große

Arschloch sie gegen die Wand drückte und sie fast vollständig vor allen Blicken verbarg. Mir entging nicht, wie seine fleischige Pranke ihren Schenkel hochglitt oder wie sie sich wand und drehte, um ihm auszuweichen. Sie hob ihr Knie in dem Versuch, es ihm in die Eier zu rammen, aber sie war einfach viel zu klein. Stattdessen trat sie mit ihrem Absatz auf seinen Fuß, was ihn dazu brachte, seine Hand wegzureißen.

„Lass sie gehen, Arschloch."

Er bewegte sich nicht, sondern drehte nur seinen Kopf, um mich anzusehen und höhnisch zu grinsen. Er war nicht aus der Gegend. Die meisten Kerle von hier hatten bessere Manieren als dieses Schwein und wenn sie sie nicht hatten, dann kannten sie dennoch mich, kannten Jamison und wären mittlerweile davongelaufen, ihre Gehirne – und Eier – intakt.

„Sie ist ein Wildfang", erwiderte er.

Offensichtlich war er so dumm wie Stroh.

Ich hörte Jamisons Knurren eine Millisekunde, bevor er mich zur Seite stieß und sich auf den Mann warf. Das Knacken seiner Faust im Gesicht des Arschlochs war laut genug, um es über die Musik zu hören. Genauso wie der dumpfe Bums, als er auf dem schmutzigen Boden aufschlug. Jamison stand schweratmend über ihm und stellte sicher, dass er nicht wieder hochkommen würde. Ein paar Leute liefen an ihm vorbei, als sie die Toiletten verließen, aber niemand sagte etwas.

Ich ging zu Penelope, legte meine Hände auf ihre Schultern und beugte mich nach unten, so dass wir auf Augenhöhe waren. Ich machte eine schnelle, professionelle Bestandsaufnahme von ihr. Kein Blut, keine blauen Flecken. Ihre Augen waren so weit aufgerissen, dass die hellblaue Iris nur noch ein dünner Kreis war.

„Bist du in Ordnung?"

Sie nickte, leckte ihre Lippen. Ihr Atem kam abgehackt, aber sie riss sich zusammen. Mir entging der schnelle Pulsschlag an ihrem Hals nicht.

„Ich habe seine Hand auf deinem Bein gesehen. Hat er – "

„Nein. Mir geht's gut. Ich wollte gerade schreien, aber ihr Männer, na ja... ihr Männer habt euch um ihn gekümmert."

Ich spürte, wie sie erschauderte und zog sie in meine Arme, umarmte sie fest. Es war nicht so sehr für sie, als viel mehr für mich, um zu wissen, dass sie in Sicherheit und unverletzt war, dass wir ihre Bedrohung aus dem Weg geräumt hatten. Ein Schrei hätte funktioniert und ich hegte keinerlei Zweifel daran, dass sich andere eingemischt hätten. Aber zu sehen, wie der Kerl seine Hände auf ihr hatte...das berührte, was so perfekt war, was uns gehören würde – nein, was *bereits* uns gehörte – *fuck*.

Sie war in meiner Umarmung so weich und warm, ihr Kopf ruhte an meiner Brust, während ich über ihr seidiges Haar streichelte. Ich spürte ihre Hände in meinem Kreuz, ihre Finger schlossen sich um mein Hemd und hielten es fest. Wir beobachteten, wie zwei Türsteher den Kerl zur Hintertür am Ende des Flurs schleiften. Jamison folgte ihnen mit den Händen in den Hüften, um sich zu vergewissern, dass er mit dem Müll rausgeworfen wurde.

Ich beugte mich nach unten, so dass ich in ihr Ohr murmeln konnte. Auch wenn die Musik hier im Flur gedämpft war, war sie immer noch laut. Ich konnte nicht widerstehen und hauchte einen Kuss auf ihre seidigen Strähnen. „Ich werde dich hier rausbringen." Sie nickte. „Jamison wird uns einholen."

Ich drehte sie so, dass mein Arm um ihre Schultern geschlungen war und ihr Körper sich direkt an meinen presste. Auf keinen Fall würde es irgendeinen Freiraum zwischen uns geben. Falls wir zu viel Platz in Anspruch nahmen, konnten die Leute einfach aus dem verdammten Weg gehen.

„Ihr", knurrte ich und zeigte mit schmalen Augen auf Patrick, Shamus und die anderen. Wir näherten uns dem Tisch und wurden nur langsamer, um mit ihnen reden zu können. Sie wussten sofort, dass etwas geschehen war und sahen Penelope mit einer Mischung aus Panik und Sorge an. Das würde ihnen eine Lehre sein, eine, die sie niemals vergessen würden. Wenn sie eine Frau in ihrer Obhut nicht beschützten, würde ich sicherstellen, dass Jamison sie von der Ranch schmiss. Wenn Penelope schon allein in dem Haupthaus lebte, musste ich wenigstens wissen, dass sie in Sicherheit war.

Nachdem was Kady Parks im letzten Monat mit einem verdammten Auftragsmörder passiert war, waren Türschlösser, meiner Meinung nach, nicht mehr genug.

„Wir werden morgen reden."

Ich wartete nicht darauf, dass sie mehr taten als zu nicken, sondern lief auf kürzestem Weg durch die Bar und nach draußen zu meinem Truck, wobei ich nie meinen Griff um Penelope lockerte. Ich hob sie hoch auf den Beifahrersitz – sie war so verdammt leicht – und blieb in der Tür stehen, während ich versuchte, nicht daran zu denken, wie schmal ihre Taille zwischen meinen Händen war. Wie sehr ich sie nach oben wandern lassen, ihre vollen Brüste umfassen und mit meinen Daumen über die bereits harten Nippel streicheln wollte. Jetzt war nicht die Zeit dafür.

„Du weißt, dass ich dir nie weh tun würde, oder? Dass du bei mir in Sicherheit bist?"

„Bei uns beiden", rief Jamison, während er sich näherte, seine Schritte laut auf dem Asphalt. „Du hast gesehen, was passiert, wenn dich jemand anderes anfasst."

Die Parkplatzlichter tauchten sie in einen orangenen Schimmer, aber sie hatte nie hübscher ausgesehen. Vor allem weil sie in *meinem* Truck saß, ihr Jeansrock bedeckte nur die Hälfte ihrer Schenkel und entblößte so ein paar zusätzliche Zentimeter ihrer fantastischen Beine. Ich hatte sie hier gewollt, allein mit uns beiden, aber nicht aus diesem Grund.

„Ich weiß", antwortete sie mit sanfter, ruhiger Stimme, während sie von mir zu Jamison blickte. „Nachdem ich euch begegnet war, hab-habe ich euch Männer im Internet nachgeschaut. Ich weiß, dass ihr gut seid."

Gut? Zur Hölle, wenn sie von den Dingen, die ich mit ihr tun wollte, wüsste, würde sie zurück in die Bar rennen. Jeder schmutzige Plan, den ich hatte und in dem ihr nackter, williger Körper involviert war, war sehr, sehr böse.

Jamison lächelte, was ein seltener Anblick war. „Was hast du herausgefunden, Kätzchen?"

Ich hatte erwartet, dass seine Stimme barsch vor Wut wäre, weil das Adrenalin erst noch verfliegen musste, aber er klang fast...zärtlich. Vor allem da er den Kosenamen verwendete, der perfekt zu ihr passte. Ich war an den Adrenalinrausch durch meine Arbeit in der Notaufnahme gewöhnt und an den schnellen Energieverbrauch. Immerhin hatte er den Mistkerl schlagen können.

Das musste sich verdammt gut angefühlt haben.

„Ich weiß, dass du die Ranch leitest und früher ein Polizist in Denver warst. Und Boone, du bist ein Arzt."

„Nichts davon stellt sicher, dass wir die Guten sind", erklärte ich ihr. Aber ich erwähnte nicht, dass ich ebenfalls Nachforschungen über sie angestellt hatte. Ich hatte keine Ahnung, wie sie es geschafft hatte, in die Welt hinaus zu ziehen, so zerbrechlich und winzig wie sie war. Sie konnte so leicht verletzt werden und dieser Mistkerl, der jetzt bei den Müllcontainern lag, war das perfekte Beispiel dafür. Ich bezweifelte, dass er der Erste war, der sie angegangen hatte, aber er würde definitiv der Letzte sein.

Anstatt verängstigt aus dem Truck zu klettern, verdrehte sie die Augen und lächelte. „Ich verstehe das nur zu gut. Jemandes Lebenslauf stellt keine

Garantie dar, dass er kein Arsch ist. Aber ich habe ein gutes Gefühl bei euch zweien. Ich...spüre einfach, dass ihr gut seid."

Ich wusste nicht, was ich darauf entgegnen sollte, also blickte ich zu Jamison.

„Wir werden dich jetzt nicht nach Hause bringen. Nicht nach dem, was passiert ist", verkündete er, legte seine Hand auf das Dach des Trucks und beugte sich nach innen. „Gehen wir einen Kaffee holen. Lassen wir die Dinge erst einmal sacken"

Verdammt richtig. Der Kerl war aggressiv gewesen und falls sie einen Zusammenbruch erleiden würde, würde sie nicht allein sein.

Sie blickte zwischen uns hin und her und schenkte uns dann ein kleines Lächeln. „Alles klar."

Sie mochte sich mit uns wohlfühlen, aber wir waren geliefert. Sie hatte die

Anziehungskraft direkt übersprungen und war zu unserer Obsession geworden. Dass ihr fast etwas Schlimmes geschehen wäre, zeigte mir nur, wie viel sie mir bedeutete. Und das war verdammt verrückt, da ich sie erst volle fünfzehn Minuten kannte.

Ja, wir waren *geliefert*.

4

PENNY

„WIR KÖNNEN IHN TÖTEN, weißt du. Lass es uns einfach wissen und niemand wird den Körper finden", sagte Jamison.

Wir saßen an einem Tisch und auf Bänken aus Hartlaminat in einer Tankstelle an der Kreuzung der Bezirksstraße, die zum Highway führte. Ich ging nicht davon aus, dass auch nur einer von diesen Männern seine

Verabredungen zu dem 'Quik-n-Lube' brachte, wo der Duft von Hot Dogs, die den ganzen Tag auf Metallspießen warmgehalten wurden, in der Luft lag und das fluoreszierende Leuchten des Ladens eine denkbar unromantische Atmosphäre verbreitete. Aber es war der einzige andere Laden, der um diese Zeit in der Nacht geöffnet war. Außer dem Silky Spur. Ich saß auf einer Seite, von der aus ich auf die Wand mit tiefgekühlten Getränken und den Flur zur Toilette sehen konnte. Boone saß mir gegenüber, sein Knie stieß unter dem Tisch an meines. Ich versuchte, nicht über diese unschuldige Berührung nachzudenken, aber es war unmöglich. Boone war groß und umwerfend und heiß und allein die Berührung seiner Knie warf mich aus der Bahn.

Wohingegen Jamison ganz und gar ein harter Cowboy war, war Boone nachdenklich mit seinem dunklen

Aussehen und der stillen Intensität. Schwarze Haare, die ein bisschen zu lang waren, durchdringende Augen, ein kräftiger Kiefer...ein kräftiges alles. Er war nicht so dunkel gebräunt wie Jamison, aber da er Arzt war, hielt er sich wahrscheinlich mehr drinnen auf. Nach dem zu urteilen, was ich über ihn gelesen hatte, verbarg sein ruhiges und aufmerksames Verhalten seine Intelligenz. Sie mochten vielleicht denken, dass ich einige Prüfungsurkunden an der Wand hängen hatte, aber Boone hatte ein paar mehr als ich.

Er war ein Beobachter. Ich erkannte die Anzeichen, weil ich ebenfalls einer war. Jamison schien eine Situation einzuschätzen und wenn es nötig war, hielt er sich nicht zurück. So wie mit dem Kerl in der Bar. Er hatte geschlagen, dann...keine Fragen gestellt.

Jamison hatte zwei Kaffee bei uns

abgestellt und kehrte nun mit seinem eigenen zurück. Er stellte ihn auf die Laminatoberfläche, schnappte sich einen Metallstuhl mit einem mit Vinyl bezogenen Polster, drehte ihn so, dass er verkehrt herum am Tisch stand und setzte sich hin, wobei seine Unterarme auf der Rückenlehne ruhten

„Was?", fragte ich, während mein Mund aufklappte.

„Wir werden den Kerl, der dich berührt hat, töten. Die Steele Ranch hat tausende Morgen Land, um ihn zu vergraben", wiederholte Jamison. Sein Ton und der ernste Ausdruck in seinen Augen machten mir bewusst, dass er keinen Witz machte. Ein Kerl hatte mich berührt und er hatte ihn nicht nur bewusstlos geschlagen, sondern würde ihn töten, wenn ich das wollte. „Ich würde Patrick, Shamus und die Anderen dazu zwingen, die harte Arbeit zu erledigen und das Loch auszuheben, schön tief, nur weil sie dich nicht beschützt haben."

Boones Gesichtsausdruck zeigte, dass er dem absolut zustimmte, aber wahrscheinlich konnte er die Worte nicht aussprechen, da er als Arzt einen Eid geschworen hatte, dass er niemandem Schaden zufügen würde. Nein, das war es nicht. Er würde seinen Freund, ohne mit der Wimper zu zucken, unterstützen.

Diese zwei...sie waren heftig. Leidenschaftliche Beschützer. Freude durchströmt mich, weil diese Heftigkeit, dieser leidenschaftliche Beschützerinstinkt auf mich gerichtet waren. Es war ein mächtiges Gefühl.

„Das...ähm wird nicht nötig sein." Sie starrten mich unverwandt an – Jamisons Blick ein durchdringendes Grau, Boones fast schwarz. „Es geht mir gut. Wirklich. Und es ist nicht ihre Schuld."

Jamison beugte sich weiter nach vorne. „Kätzchen, es ist ihre Schuld. Wenn sie mit dir ausgehen, dann müssen sie dich beschützen. Punkt."

Ich würde mit ihm nicht darüber diskutieren, denn nichts, was ich sagte, würde seine Meinung ändern. Mein Gehirn hängte sich daran auf, dass er mich Kätzchen genannt hatte. Das gefiel mir. Und zwar sehr. Ich räusperte mich. „Vielen Dank, dass ihr zu meiner Rettung gekommen seid."

Ich *war* dankbar. Ich hatte zuvor schon allein unerwünschte Avancen abgewiesen, viele Male, aber es fühlte sich richtig gut an, jemanden zu haben, der dazwischen ging und half. Ich hatte nur nie erwartete, dass es diese zwei sein würden. Ich hatte nicht einmal gewusst, dass sie in der Bar waren und noch viel weniger, dass sie mich im Auge behalten hatten. Gott, sie in Aktion zu sehen, war berauschend gewesen. Das Testosteron in dem Flur war so viel gewesen, dass ich es förmlich hatte einatmen können. Es war so ursprünglich gewesen. Wie zwei Höhlenmenschen, die Anspruch erhoben und um das, was ihnen gehörte, kämpften.

Ein bisschen unrealistisch, weil ich nicht die Ihre *war*. Sie hatten sich einfach nur wie Gentlemen verhalten. Mich beschützt. Ich hegte keinerlei Zweifel daran, dass Patrick oder die andere den Kerl ebenfalls ausgeknockt hätten, wenn sie mich zuerst gefunden hätten. Ich bezweifelte allerdings, dass irgendeiner der Anderen das begehrliche Gefühl in mir geweckt hätte, mich von ihnen an den Haaren zurück zu ihrer Höhle schleifen zu lassen. Oh ja und dann würden sie über mich herfallen und mit mir tun, was auch immer sie wollten, um weiterhin ihre Dominanz zu zeigen. Nicht, dass ich aus eigener Erfahrung wusste, was das wäre, aber ich hatte eine ziemlich gute Vorstellung davon.

Ich hatte Filme gesehen. Sogar ein paar Pornos. Dass ich Jungfrau war, bedeutete nicht, dass ich ahnungslos war. Obwohl...ich bis jetzt *gedacht* hatte, dass das der Fall wäre. Bei Jamison und Boone hatte ich das Gefühl, dass das, was ich gedachte hatte, was zwischen einem Mann und einer Frau passierte, nämlich einfach Lasche A in Ritze B zu stecken, nicht ganz zutreffen würde. Sie wirkten wie Männer, die *sehr* gründlich sein würden und sich nicht nur an die Grundlagen hielten. Zweifellos waren sie erfahren. Unglaublich erfahren sogar. Ich warf einen Blick auf ihre Hände, die um die Wegwerfkaffeebecher gewunden waren. Groß mit langen Fingern, mit Adern. Stark. Ich rutschte auf meinem Platz herum, da meine Pussy pulsierte. Sogar ihre Hände waren heiß.

„Du musst dich nicht bei uns

bedanken, dass wir dich beschützt haben", erklärte Boone. Er drehte seinen Becher auf der glatten Oberfläche. „Erzähl uns von dir."

Ich rutschte hin und her, da die Rückseite meiner Schenkel an der harten Bank klebte. „Was wollt ihr wissen?"

„Alles", antworteten sie zur genau gleichen Zeit.

Meine Augenbrauen schossen in die Höhe.

Boone lehnte sich nach vorne, legte seine Unterarme auf den Tisch. Richtete sein dunkles Starren auf mich. Er blinzelte nicht einmal. Ich schluckte, leckte meine Lippen und er beobachtete die Handlung genauestens.

„Na ja, ich komme aus North Carolina. Ich habe gerade meinen Master gemacht."

„Du bist ziemlich jung dafür", meinte Jamison und trank dann einen

Schluck von seinem Kaffee. Er verzog das Gesicht und stellte ihn wieder ab.

„Zweiundzwanzig", entgegnete ich. „Ich habe die dritte Klasse übersprungen."

„Gab es nur dich und deine Mutter in deiner Kindheit?", wollte Jamison wissen.

Ich schüttelte meinen Kopf, strich mir die Haare hinters Ohr. „Meine Mutter hat meinen Stiefvater geheiratet, als sie mit mir schwanger war. Das ist etwas, das ich gerade erst erfahren habe. Ich *dachte*, der Ring wäre zuerst dagewesen, dass Peter Vandervelk wirklich mein Vater wäre, aber das ist nicht der Fall."

Ich ließ meinen Blick von meinem Becher zu den Männern huschen. Sie beobachteten mich aufmerksam, aber schwiegen. Warteten darauf, dass ich noch mehr erzählte.

„Er hat drei ältere Kinder aus einer

vorhergehenden Ehe. Zwei sind jetzt Ärzte, die andere Anwältin."

„Beeindruckend", erwiderte Jamison neutral.

Ich dachte an Kyle, Ryan und Evelyn. Ihr Werdegang *war* beeindruckend. Ein Neurochirurg, ein Thoraxspezialist und die jüngste weibliche Partnerin aller Zeiten in ihrer Anwaltskanzlei in Charlotte. Ich zuckte mit den Achseln, da sie, auch wenn sie in ihren Fachgebieten brillant waren, keine sehr netten Menschen waren.

„Besteht irgendeine Chance, dass deine Mutter die Kongressabgeordnete Vandervelk ist?", fragte Boone.

Mein Mundwinkel verzog sich nach oben. „Du hast Nachforschungen über mich angestellt, so wie ich über euch."

Er nickte. Ich war tatsächlich irgendwie froh, dass sie bereits ein paar Dinge über mich wussten, denn so musste ich nicht ins Detail gehen. Ich musste ihnen nicht erzählen, dass meine Mutter nicht nur vor mir, sondern vor der ganzen Welt, darüber gelogen hatte, wer mein Vater war. Dass es für sie wichtiger war, den Schein vor den Wählern aufrecht zu erhalten, als dass ich, ihre eigene Tochter, die Wahrheit kannte.

„Warum wollt ihr wissen, was ihr ohnehin schon wisst?", wunderte ich mich laut. Ich legte meine Hände in den Schoß und wischte meine schwitzigen Handflächen an meinem Rock ab.

„Weil ich es von dir hören möchte", antwortete Boone einfach.

Ich seufzte. „Ja, meine Mutter ist ein Mitglied im Kongress. Mein Stiefvater ist der Leiter einer Universitätsklinik in Charlotte. Hochtrabende Titel für hochtrabende Leute."

„Du hast Naturwissenschaften studiert", fügte Boone hinzu.

Ich war überrascht, dass er nicht

mehr über meine Eltern fragte. Das taten nämlich die meisten Leute. Sie wollten entweder etwas von ihnen oder durch mich zumindest eine Verbindung zu ihnen.

„Ja, mein Fokus lag auf den unterirdischen Geowissenschaften."

Sie hörten beide aufmerksam zu, ihre Augen direkt auf mich gerichtet, als ob ich das Einzige hier wäre, das Einzige interessante, sie beachteten den Kerl, der den Kassierer nach einer Wegbeschreibung fragte oder die Piepstöne der Tanksäulen nicht.

„Ich habe Monate in Island verbracht, um meine Thesis zu beenden, mit der ich euch nicht langweilen werde. Das ist der Grund, warum ich nichts von dem Erbe oder Aiden Steele gewusst hatte. Nicht, bis ich zurückkam. Meine Briefe waren für mich gesammelt worden."

„Ich musste ein Haufen

Naturwissenschaften für mein Medizinstudium studieren, aber ich habe keine Ahnung, was unterirdische Geowissenschaften sind." Boone war offen. Ehrlich. Sie waren es beide. Und sie waren wirklich an mir interessiert. An meinem Leben. Nicht an einer Verbindung, um meine Eltern zu erreichen.

„Unterirdische Geowissenschaften? In drei Worten: Öl und Gas."

Jamison rieb sich mit der Hand über seinen Nacken. Mir entging nicht, wie er sein kurzes Haar verstrubbelte, ein Kontrast zu der gebräunten Haut. Ich fragte mich, ob es bei einer Berührung weich sein würde, ob seine Haut warm war, wie sie sich an meinen Lippen anfühlen würde. Ich hatte all diese heißen, ablenkenden Gedanken über sie. Hatte sie seit dem ersten Mal, an dem ich sie gesehen hatte. Ich hatte noch nie zuvor einen Mann anziehend genug gefunden, um mit ihm Sex zu haben. Bis jetzt. Sicher, ich hatte gut aussehende Männer kennengelernt, aber keiner von ihnen hatte bei mir etwas *ausgelöst*. Jetzt hatte sich meine Libido aus heiterem Himmel dazu entschieden aus ihrem Winterschlaf zu erwachen. Wie ein Kleinkind, das, nachdem es zu viel Zucker gegessen hatte, völlig aufgedreht und bereit war, irgendetwas zu tun. Ich wollte Jamison. Ich wollte Boone und ich wusste nicht genau, was ich deswegen tun sollte. Ich hatte keine Ahnung, wie man einen Mann verführte, ganz zu schweigen zwei.

„In dem Gebiet kann man einen guten beruflichen Werdegang hinlegen, vor allem hier in der Gegend."

Ja, in diesem Teil des Landes waren Abbaurechte, Öl- und Gasrechte, sogar deren Gewinnung ein heißes Thema. Eine große Sache. Es gab viele Probleme zwischen den Umweltaktivisten und Abbaufirmen. Viel Geld. Auch viel Zerstörung. Verrückte Dinge wie erhöhte Radonwerte und sogar von Menschen verursachte Erdbeben. Es war ein politischer Alptraum.

„Ja, ich wurde bereits umworben. Jobangebote." Ich schenkte ihnen ein schnelles, kleines Lächeln. „Aber ich habe schon den Entwurf meiner Dissertation für meinen Doktor, der als nächstes kommt."

„Du hörst dich nicht wirklich begeistert darüber an. Die Jobs und den Doktortitel", murmelte Jamison, wobei er mich sorgfältig musterte, als ob er die Wahrheit hinter den Worten hören könnte.

Ein Kunde kam herein und die Glocke über der Tür klingelte. Er ging zum Tresen und fragte nach einem Päckchen Zigaretten.

„Ein Vandervelk ist sehr erfolgreich."

Die Worte waren wie ein Mantra, auf das ich seit meiner Geburt gedrillt wurde. Ich antwortete automatisch und ohne auch nur nachzudenken.

„Was zur Hölle bedeutet das?"

Ich sah zu Boone hoch und er blickte finster drein. Er sah wütend aus.

„Ich bin Penelope Vandervelk." Ich tippte mir mit dem Finger an die Brust. „Es wird von mir erwartet, dass ich ein bestimmtes Leistungsniveau beibehalte. Ich meine, es würde für meine Mutter oder irgendeinen der anderen nicht gut aussehen, wenn ich – "

Beide Männer beugten sich nach vorne, so dass sie nah bei mir waren, ein wenig zu nah. „Wenn du was?"

„Wenn ich tun würde, was ich wollte", gab ich zu.

„Was möchtest du tun, dem Zirkus beitreten?"

Ich lächelte, die Vorstellung war lächerlich, dennoch würde es so viel

Spaß machen, das meiner Mutter zu erzählen. „Natürlich nicht."

„*Wolltest* du Dinge über Öl und Gas studieren?"

Ich schüttelte meinen Kopf. Ich konnte es nicht fassen, wie tief sie gruben, vorbei an all den vorgetäuschten Lächeln und Geschichten, die ich, na ja, jedem auftischte. Ich hatte von den Besten gelernt, wie man sich unterhielt, ohne wirklich irgendetwas Wichtiges zu sagen. Aber Boone und Jamison? Ich konnte keine falschen Antworten geben. Wenn sie mich so gut lesen konnten, mich so gut *sehen* konnten, würden sie auch meine Lügen erkennen. Ich wollte ihnen nichts vortäuschen. Wollte keine Lügen zwischen uns haben. Ich *wollte*, dass sie die Wahrheit kannten. Mein wahres Ich.

„Du hast Jahre damit verbracht, für einen Master zu studieren, den du nicht wolltest", stellte Jamison fest. „Und du hast vor, damit weiterzumachen, um deinen Doktortitel zu erhalten, nur damit du...was? Deine Mutter den Schein wahren kann?"

Ich spielte mit meiner Kaffeetasse und Jamison nahm sie mir weg, legte seine Hand auf meine. Ich blickte darauf, sie war so groß, dass meine darunter verloren wirkte. Eine harte Tischoberfläche an meiner Handfläche, eine warme, dennoch schwielige Hand darauf, die sanfte Bestätigung bot.

„Ich hatte keine Wahl", gab ich zu.

„Warum nicht?"

Ich leckte meine Lippen, begegnete Jamisons Augen. „Weil sie mir sonst ihre Unterstützung untersagt hätten."

Boone lehnte sich auf der Bank zurück, lachte und schüttelte langsam seinen Kopf. „Du brauchst ihr Geld nicht, Schätzchen." Der Kosename tropfte vor Sarkasmus und machte mich sofort nervös. Es lag keine Wärme darin, wie als er mich Kätzchen genannt hatte. „Mit deinem Abschluss solltest du allein gut zurechtkommen. Wie du gesagt hast, dir wurden Jobs angeboten. Du wirst nicht verhungern, auch wenn du vielleicht nicht gleich den Jaguar bekommst."

Ich riss meine Hand unter Jamisons hervor, glitt von der Bank und stand auf. Ich fühlte mich plötzlich kalt und sehr allein. „Wir sind hier fertig."

PENNY

JAMISONS ARM SCHLANG sich um meine Taille, bevor ich einen Schritt machen konnte, und zog mich zurück, so dass ich an seiner Seite stand. Da er noch saß, waren seine Augen dadurch auf einer Höhe mit meinen Brüsten. Sein Arm war kräftig, dennoch war sein Griff entspannt.

„Langsam, Kätzchen. Erklär uns, warum du deine Krallen zeigst."

Ich blickte Boone aus schmalen Augen an, wütend darüber, dass er solche Vermutungen angestellt hatte. Vor allem, weil er wie alle anderen war, die dachten, dass ich eine verzogene Göre sei. Verhätschelt. Dass mir alles gegeben worden war, was ich mir jemals gewünscht hatte. Wie wenig sie doch wussten.

„Ja, meine Familie ist reich", erzählte ich ihnen mit beißender Stimme. Aber, ich hielt sie gesenkt. Nicht, dass es den Typ hinter dem Tresen interessieren würde, ob ich schrie oder nicht. Bei der Anzahl an Kunden, die hier ein und ausgingen, würde wahrscheinlich jeglicher Wutausbruch aufregend für ihn sein. „Sie hat für sieben Jahre Internat gezahlt. Eine Eliteuniversität. Ich habe um nichts davon gebeten. Ich mache mir nichts aus dem Geld. Wenn ich nicht mache, was *erwartet* wird, dann werden sie mir ihre Unterstützung entziehen. Jegliche Unterstützung."

Jamison stand auf, drehte seinen Stuhl um, setzte sich wieder und zog mich auf seinen Schoß und all das innerhalb einer Sekunde. Sein Ziehen war sanft gewesen, dennoch hatte er mich spielend leicht bewegt und mich dadurch an unseren Größenunterschied, unseren Kraftunterschied erinnert. Er positionierte mich so, wie er mich haben wollte und das war eng an ihn gedrückt. Meine Hände legten sich auf seine Schultern, um bei der überraschenden Bewegung das Gleichgewicht zu wahren, obwohl sein Arm immer noch um meine Taille lag. Mir entging nicht die harte Ausdehnung seiner Schenkel unter mir, seine Körperhitze oder sein reiner Duft. Kein Gesichtswasser, etwas subtileres, wie Seife und richtiger Mann. „Jamison!", schrie ich und versuchte, hochzukommen, zumindest meinen Jeansrock wieder nach unten zu ziehen, aber er zog seinen Griff um mich noch fester zusammen, verankerte mich an Ort und Stelle.

Ich fühlte mich winzig auf seinem Schoß, mein Kopf lag unter seinem Kinn, meine Füße befanden sich nicht einmal in der Nähe des Linoleumbodens.

Boone streckte eine Hand aus, hob mein Kinn an, so dass seine dunklen Augen in meine blickten und mich festhielten. Das glühende Starren ließ mich völlig vergessen, dass ich auf Jamisons Schoß saß. „Ich wollte dich mit meinen Worten nicht verletzen. Aber manchmal ist ein wenig Schmerz erforderlich, wenn man die Splitter rausziehen möchte. Mit jeglicher Unterstützung meinst du, sie würden dich aus der Familie ausschließen."

Ich nickte. Das zuzugeben, *war*

schmerzhaft und die Wahrheit hatte in mir geeitert wie eine entzündete Wunde. Es war ja nicht so, als hätte ich jemals wirklich ihre Liebe gehabt, aber ich hatte darauf gehofft. Immer gehofft, dass ich ein paar Fitzelchen ihrer Zuneigung erhalten würde, sogar sieben Staaten entfernt von ihnen auf einem Internat oder in einem anderen Land, wo ich meine Thesis erstellte.

„Das ist der Grund, warum – " Ich räusperte mich, unterdrückte die Tränen. Ich hatte keine Ahnung, warum es mich immer so aufregte, vielleicht weil meine Familie, auch wenn sie nicht diejenige war, die ich immer gewollt hatte – eine, bei der ohne Frage Liebe, Lachen und Verbindung geteilt wurden – die einzige Familie war, die ich hatte. „Das ist der Grund, warum das Erbe von Aiden Steele, von meinem...Vater, perfektes Timing war. Ich hatte gerade meinen Master gemacht und ich bin nicht scharf drauf, weiterzumachen, um meinen Doktortitel zu erhalten. Ich erfuhr von der Wahrheit, konfrontierte meine Mutter. Sie konnte es nicht leugnen, nicht bei all den rechtlichen Dokumenten, die Riley geschickt hatte. Sogar meine Schwester, die Anwältin, war beeindruckt. Ich habe mich immer gefragt, warum ich nicht so wie sie war. So fokussiert. Darauf bestrebt, die Beste zu sein."

„Mit zweiundzwanzig einen Master in einem so spezialisierten Feld zu machen, würde ich strebsam nennen", meinte Jamison.

„Ich bin auch desinteressiert, was eine Verschwendung ist. Ich habe den Lehrstoff gut gepackt, aber er hat mich nicht wirklich interessiert. Ich brannte nicht für das, was ich tat. Und das ist der Grund, warum ich einfach nie dazu gepasst habe. Warum meine Mutter sich mir gegenüber immer kühl verhalten hat, warum die Anderen mich nie gemocht haben. Jetzt habe ich die Antwort. Ich war nie wirklich ein Teil der Familie."

„Ich bin überrascht, dass du es nicht wusstest."

Ich schüttelte meinen Kopf und Boone ließ seine Hand fallen. „Meine Mutter ist eine Politikerin. Denkst du, ein außereheliches Baby, sogar Jahre bevor sie das Büro übernahm, ist gut für ihr Image? Meine Mutter und Vater – Stiefvater – sind kein sich nahestehendes, liebendes Ehepaar. Sie leben die meiste Zeit des Jahres nicht einmal im selben Staat. Ich habe keine Ahnung, warum sie geheiratet haben. Na ja, ich weiß, warum meine *Mutter* geheiratet hat. Sie war mit mir schwanger. Sie war damals noch nicht in der Politik, aber sie hatte trotzdem die Mentalität. Natürlich war ihre Affäre, Liebesabenteuer, was auch immer es war, mit Aiden Steele ein Geheimnis. Ist es immer noch. Zumindest bis jetzt, bis er starb und mich zu seiner Erbin gemacht hat. Das ist der Grund, warum ich in Montana im *Urlaub* bin."

Boones Augen verzogen sich zu Schlitzen, während ich sprach und ich sah, wie sich Spannung in ihm aufbaute. „Urlaub?"

„Mmm hmm, ein ruhiger Ort, wo ich meinen Dissertationsentwurf für meinen Betreuer und den Prüfungsausschuss verfassen kann. Darauf haben wir uns geeinigt. Dass ich mir diese Zeit nehme, um das mit dem Erbe zu klären, ohne die Wahrheit zu verraten. Und um den Entwurf fertigzustellen natürlich."

„Was wirst du hier wirklich tun?", fragte Boone und neigte seinen Kopf zur Seite.

Ich beobachtete, wie sich sein weißes T-Shirt so perfekt über seinen breiten

Schultern dehnte, die Muskeln darunter so wohldefiniert. Es juckte mich, meine Hand auszustrecken und mit den Fingerspitzen darüber zu fahren, ihre Stärke zu spüren. Stattdessen zuckte ich mit den Achseln. „Es ist tatsächlich eine Erleichterung", sagte ich, womit ich seine Frage nicht beantwortete. „Die Wahrheit zu wissen, es endlich zu verstehen. Jetzt kann ich dem nachgehen, was ich will." Mein Blick flackerte zu Boone. „Dem Einzigen, was ich jemals wollte."

„Was ist das?", wollte Jamison wissen, jetzt war er an der Reihe nachzubohren. Seine Hand glitt meinen Rücken hoch und runter, langsam und sanft. Sie war warm. Eine sanfte Zärtlichkeit. Tröstend. Es schien, dass er sehr gut darin war, mir Worte zu entlocken.

„Meine eigene Familie. Ich weiß, ich bin jung, zu jung, um so zu denken, aber das ist, was ich möchte." Ich zögerte dieses Mal nicht, schwankte nicht, denn es war das, wovon ich so lange geträumt hatte. So lange, wie ich mich erinnern konnte. Nachts als ich im Internat im Bett lag und mir wünschte, ich hätte eine Familie, die mich um sich haben wollte. Ich wollte mein eigenes Zuhause. Der Duft von gekochtem Essen würde aus der Küche dringen. Ein Ehemann würde sich um mich kümmern, nur mich wollen. Ein Bett, Liebe mit mir teilen. Mir die Schar Kinder geben, die ich wollte und die ein großes Durcheinander im Haus anrichten und Chaos und Verrücktheit mit sich bringen würde. Fleckige Teppiche. Schmutziges Geschirr im Waschbecken. Matschige Schuhe auf den Holzböden. Alles das, was mir in meiner Kindheit verboten worden war.

Aber kein Kerl, den ich je getroffen hatte, wollte etwas davon wissen, sofort eine ernste Beziehung einzugehen. Für eine Weile mit einander ausgehen, vielleicht für ein paar Jahre zusammenziehen. Möglicherweise. Aber sie dachten alle nur in kurzen Zeitspannen. Wirklich kurze Zeiten, wie in eine Nacht. Das war der Grund, warum ich nie jemandem die Wahrheit erzählt hatte, nie wirklich Verabredungen gehabt hatte. Warum ich immer noch Jungfrau war.

Ich wollte nicht die Welt regieren. Ich wollte eine Hausfrau sein. Ich wollte Babys. Ich wollte eine Familie, ein Haus, einen Hund. All das. Aiden Steele hatte mir die Möglichkeit gegeben, es zu bekommen. Ein finanzielles Polster – ein sehr großes – ein Haus und die Chance, ich selbst zu sein. Mein wahres Ich. Ich würde meine Familie verlieren, aber ich hatte gerade herausgefunden, dass sie nie wirklich meine Familie *gewesen* war. Und das war reine Erleichterung. Wenn sie mich ausschließen würden, dann wusste ich jetzt, dass es war, weil ich sowieso nie dazugehört hatte. Ich konnte nicht aus einer Familie gekickt werden, zu der ich nie wirklich gehört hatte.

Das Problem hinter meinen Träumen war, einen Mann zu finden. Einen Mann, der eine Beziehung wollte. Ich war nicht die Art Frau, die sich mit weniger zufrieden geben würde. Ich ließ mich nicht auf etwas Ungezwungenes ein. Patrick und Shamus waren viel zu jung. Sie würden den Sex wollen, absolut, mich entjungfern, aber nicht das Ergebnis. Orgasmen, ja. Langzeit? Nein.

Und was Jamison und Boone anging? Ich fühlte mich zu ihnen hingezogen, wollte sie. Ich hatte ihnen die Wahrheit erzählt. Sie kannten sie jetzt. Kannten die Beziehungsbombe und ich wusste, sie würden wegrennen. Ich biss auf meine Lippe, wartete. Zweifellos würde ich innerhalb der nächsten Stunde wieder allein zurück auf der Ranch sein und keinen der Männer je wiedersehen.

Ich hatte nie einen One-Night-Stand gewollt. Ich hatte Gelegenheiten gehabt, aber ich hatte jede einzelne abgewiesen. Ich wollte alles und wenn diese zwei es mir nicht geben wollten, dann wäre ich nicht schlechter dran als vorher. Ich würde überleben. Ich kannte sie kaum. Ich konnte mich mit meinem Vibrator vertrauter machen und geduldig darauf warten, dass der richtige Kerl vorbeikommen würde. Ich würde keine Kompromisse eingehen. Das hatte ich mein ganzes Leben lang mit den Vandervelks getan. Ich hatte getan, was sie wollten. Verlangten.

Nicht länger. Meine Eierstöcke schmissen jetzt den Laden. Und sie produzierten Eier für Jamison und Boone.

Boone knurrte, dann drehte er sich

zur Seite, so dass er mit dem Gesicht aus der Tischnische blickte. Er krümmte seinen Finger und Jamison stupste mich von seinem Schoß, so dass ich zwischen Boones gespreizten Knien stand. So wie er dasaß, war ich größer als er und es fühlte sich komisch an, auf jemand so großen runterzusehen. Ich runzelte die Stirn. Verwirrt darüber, was er wollte.

„Sollte ich ein Taxi rufen?", fragte ich, nicht sicher, ob sie hier draußen überhaupt welche hatten.

„Taxi?", wiederholte er. Boone fing mich mit seinem Blick ein und ich spürte Jamison an meiner Seite. Sie waren nah. Näher als zwei Männer sein sollten.

Ich nickte. „Macht euch keine Sorgen. Ich wollte euch nicht in eine Falle tappen lassen oder so. Ihr habt mir einfach die Wahrheit entlockt. Ich will damit nichts andeuten, ich habe nicht spezifisch *euch* gemeint. Ich werde irgendwann den richtigen Mann finden."

Boones große Hand umfasste mein Kinn und ich dachte an das Gefühl seiner Schwielen auf seiner Handfläche, als seine Lippen auf meine trafen. Ich keuchte bei dem weichen Gefühl. Die sanfte Bewegung seines Mundes war erstaunlich zärtlich, als ob er von mir kosten würde. Mich kennenlernen würde. Er ergriff diese Gelegenheit, und seine Zunge drang in meinen Mund ein und fand meine. Ich keuchte wegen der Hitze wieder, die ich bei dieser forschen Zärtlichkeit empfand. Die feuchte Hitze war schockierend, berauschend. Ich war zuvor schon geküsst worden. Ich mochte zwar Jungfrau sein, aber ich hatte meine Teenager Jahre in einem Internat und auf dem College verbracht. Ich war einfach nur ein bisschen zu jung gewesen, um mehr als das zu tun.

Ich ließ meine Hände auf Boones

Schultern sinken, spürte das Spiel seiner Muskeln, während er mich weiterhin küsste und seine Hand nutzte, um meinen Kopf so zu neigen, wie er es wollte. Seine Finger vergruben sich in meinen Haaren und ich spürte sein eigenes Verlangen in dieser Geste und in der Intensität des Kusses.

Ich war überall warm, kraftlos. Meine Nippel richteten sich gegen meinen Baumwoll-BH auf und wenn Boone jemals seinen Kopf heben würde, würde er meine Reaktion sehen. Was er nicht würde sehen können, war, dass mein Slip ruiniert war.

Boone löste sich von mir und ich bemerkte, dass ich meine Augen geschlossen hatte. Ich öffnete sie blinzelnd.

„Wofür war das?", fragte ich mit atemloser, leiser Stimme.

Boones Pupillen waren jetzt fast schwarz, sein Blick nur auf meine

Lippen gerichtet. Seine waren feucht. Gerötet. Es hatte auch ihn nicht kalt gelassen.

„Ich habe darauf gewartet, das zu tun, seit ich dich zum ersten Mal gesehen habe. Fuck, du schmeckst so gut", sagte er als nachträglichen Einfall, mehr zu sich selbst, während er seine Lippen leckte.

„Ich dachte, ihr mögt mich nicht einmal", entgegnete ich verwirrt. Oder mein Gehirn war von seinem Kuss zu Brei geworden. Oder beides.

„Warum würdest du so etwas denken?" Sein Atem strich über mein Kinn, während er sich seinen Weg zu meinem Ohr küsste, knabberte und leckte.

Ich neigte meinen Kopf, um ihm besseren Zugang zu gewähren, das Kratzen seiner Zähne verursachte mir Gänsehaut auf den nackten Armen.

„Außer eurer dreisten Befragung?

Denn vor ein paar Tagen habt ihr 'Nett dich kennenzulernen' gesagt und seid weggelaufen."

Er grunzte und knabberte an meinem Ohrläppchen. „Das war so, weil der Idiot neben dir noch nicht bereit war, dich zu erobern."

Wann hatte Jamison eine Hand auf meinen Rücken gelegt? Es musste seine sein, weil Boones Hände in meinen Haaren vergraben waren und auf meiner Hüfte lagen. Der Vorteil mit zwei Männern zusammen zu sein – zusätzliche Hände.

„Penelope", begann Jamison.

„Penny", unterbrach ich, während ich nach wie vor versuchte, zu Atem zu kommen. Und zu meinem Verstand. Boone brachte mich völlig aus dem Konzept. Oder waren es die Pheromone, die er aussandte? Oder sein Geschmack auf meinen Lippen? „Nur meine Familie nennt mich Penelope."

„Penny ist gut, aber mir gefällt Kätzchen besser", entgegnete Jamison.

Boone zog seine Finger aus meinen Haaren, so dass ich meinen Kopf drehen und Jamison ansehen konnte.

„Ich dachte, wir wären zu alt für dich", gab Jamison zu.

Mein erregter Blick wanderte über sein Gesicht. Erfasste die kleinen Fältchen um seine Augen, die Falten in seiner Wange. Er war achtunddreißig, nicht sechzig. Ich sah nicht *alt*. Ich sah weise. Erfahren. Wild. Heiß. Attraktiv. Ich starrte auf seinen Mund. Genauso küssbar wie Boone. Ich wollte auch wissen, wie er schmeckte.

„Und jetzt?", fragte ich. Nervös. Wenn er mich nicht wollte, wäre das in Ordnung. Ich hatte zuvor schon Schwärmereien gehabt. Man konnte es überleben. Oder Boone wollte mich und Jamison nicht. Boone war ein paar Jahre jünger oder so glaubte ich zumindest.

Aber ich wollte nicht nur Boone. Irgendwie, aus einem seltsamen, verrückten Grund wollte ich sie beide. Und ohne Jamison würde etwas fehlen.

Ich beobachtete, wie sich seine Faust auf dem Schenkel öffnete.

„Und jetzt ist es mir scheißegal. Jetzt, da wir wissen, was du willst und dass wir das exakt Gleiche wollen, können wir es dir geben."

Er stand auf und ich neigte meinen Kopf nach hinten, um ihm weiterhin in die Augen schauen zu können. Er streckte seine Hand aus.

„Zeit zu gehen. Ich bin an der Reihe, dich zu küssen und ich will kein Publikum."

6

JAMISON

ICH WILL MEINE EIGENE FAMILIE.

Kätzchens Worte – oh ja, sie war jetzt Kätzchen – machten mich sofort hart. Nein, ich war bereits seit drei verdammten Tagen hart. Ihre Worte sorgten dafür, dass mein Schwanz an meinem Schenkel pulsierte und meine Eier schmerzten. Der Gedanke, zwischen diese cremefarbenen Schenkel zu gelangen und sie mit meinem Samen zu füllen, bereitete mich darauf vor, wie ein übereifriger Teenager zum Höhepunkt zu kommen.

Sie wollte genau das, was ich wollte. Eine Familie, einen Ehepartner, ein Baby. Nein, eine Menge Babys. Ich wollte sie mit ihr, was der Grund war, warum ich mich von ihr ferngehalten hatte. Denn welche Zweiundzwanzigjährige wollte sich niederlassen, um ein Baby zu bekommen? Wie sich herausstellte, Penelope Vandervelk. Mein Kätzchen.

Als ich zweiundzwanzig war, war das das Letzte, an das ich dachte. Ich hatte das College beendet und war der Polizeiakademie beigetreten. Boone hatte damals erst noch das College beenden und das Medizinstudium beginnen müssen. Keiner von uns war in einer Situation gewesen, um auch nur darüber nachzudenken, uns niederzulassen. Die Tatsache, dass Penny genau das wollte, was wir ihr geben wollten, schien Schicksal zu sein. War das überhaupt möglich? Konnten wir so viel Glück haben?

Ich verstand ihr Bedürfnis, die Verzweiflung dazuzugehören, geliebt zu werden. Der Mist, den sie uns über ihre Familie erzählt hatte, weckte den Wunsch in mir, mehr zu schlagen als nur ein übergriffiges Arschloch. Wer zum Henker schickte sein Kind für sieben Jahre auf ein Internat? Eltern, die ihr Kind nicht um sich haben wollten. Kein Wunder, dass sie ihre eigene Familie gründen wollte. Ihre war Scheiße gewesen. Sie wollte eine, die sie bedingungslos lieben würde. Wollte einen Ehemann und Kinder, die sie auf die Art lieben konnte, wie sie nie geliebt worden war.

Heute Nacht würden wir ihr zeigen, wie es mit uns sein könnte. Wie wir sie zwischen uns holen und mit jeder Berührung unserer Hände, jedem Stoß unserer Schwänze wertschätzen würden. Sie würde so oft kommen, dass sie alles außer unseren Namen vergessen würde.

Sie befand sich auf dem Rücksitz von Boones Truck in meinen Armen und mein Mund lag auf ihrem. Ich hatte gewartet, bis er losgefahren war, bevor ich sie an mich gezogen – so nah, wie es die Sicherheitsgurte zuließen – und selbst von ihr gekostet hatte. Zu beobachten, wie Boone sie geküsst hatte, war verdammt heiß gewesen, aber ich wollte es auch tun. Das tat ich jetzt. Boone fuhr, während ich den Schwung ihrer Lippen kennenlernte, das Gefühl ihrer Zunge, während sie meine umspielte, die Art und Weise, wie ihr Atem stockte, wenn ich an der vollen Unterlippe knabberte. Ich hörte ihr Stöhnen, als ich über ihre zarte Ohrmuschel leckte.

„Wohin fahren wir?", fragte sie atemlos, ihr Kinn nach oben geneigt, während ich eine Linie ihren Hals hinab leckte.

Es war eine kühle Nacht, aber im Truck wurden die Dinge heiß und heftig.

„Wir fahren zu Boones Haus. Sein Bett ist am nächsten", keuchte ich. Ich konnte meine Lippen nicht von ihrer Haut nehmen. Musste deren seidige Hitze spüren. Musste ihre Süße schmecken, sie einatmen. „Du wirst unsere Schwänze auf einen wilden Ritt nehmen."

„Oh", sagte sie mehr als Laut der Überraschung darüber, dass meine Hand ihre Brust umfasste, als eine Antwort auf meine Worte.

Ihre Brust war eine üppige Handvoll, der Nippel hart, während mein Daumen durch ihr T-Shirt und BH darüberstrich. Ihr Körper drückte sich an mich. Verdammt, sie war reaktionsfreudig.

Heiß. Leidenschaftlich. Und wir hatten immer noch unsere Klamotten an. Ich konnte mir nur ausmalen, wie sie sein würde, wenn wir sie erst einmal nach drinnen gebracht hatten. Wir waren wie Teenager, die auf einem Autorücksitz rummachten, obwohl es dieses Mal selbstverständlich war, dass ich später in ihr versinken würde. Und ich war alt genug, um dafür eine weiche Matratze zu wollen.

Fuck, das war nichts Schleichendes zwischen uns. Es war siedend heiß – war es von Anfang an gewesen – und ihr konnte unter keinen Umständen mein dicker Schwanz entgehen. Nichts würde ihn verstecken. Er musste sich immer noch beruhigen. Nachdem ich mich drei Tage lang in diesem Zustand befunden hatte, musste ich mich fragen, ob er das jemals wieder tun würde, wenn Kätzchen in der Nähe war. Zur Hölle, ich musste nur an sie denken und ich wurde hart.

„Hast du gedacht, er redet über einen Pferderitt, Kätzchen?", fragte Boone vom Vordersitz. Ich drehte meinen Kopf leicht und begegnete seinem Blick im Rückspiegel, obwohl seiner auf meine Hand auf ihrer Titte fiel. Ich erkannte den Blick. Er wollte sie. Wollte dies.

Jedes Mal, wenn sie atmete, füllte sie meine Hand. „Ich bin noch nie zuvor geritten", gestand sie.

Ich lächelte an ihrem Ohr, küsste es. Ich liebte es, dass wir ihre Gedanken so durcheinanderbrachten, dass sie etwas so Seltsames sagte. „Keine Sorge, wir werden dich morgen zur Ranch bringen und du wirst eine nette, sanfte Stute bekommen."

Ich widmete mich wieder ihrem Mund. Verschlang ihn förmlich.

„Das. Ist. Nicht. Was. Ich. Meine",

keuchte sie, wobei sie jedes Wort zwischen unseren Küssen ausstieß.

Der Truck drehte zum Seitenstreifen ab und Boone trat so hart auf die Bremse, dass Kätzchen und ich beide in die Sicherheitsgurte geworfen wurden. Er drehte sich, um zu uns zurückzuschauen.

„Was zum Henker, Boone?", fragte ich und blickte zu Kätzchen, um mich zu vergewissern, dass es ihr gut ging.

Er ignorierte mich, seine Augen wanderten von ihren geschwollenen, feuchten Lippen zu der Stelle, an der meine Hand ihre Brust umfasste, zu der Fläche entblößter Schenkel. „Das ist nicht, was sie gemeint hat."

Vielleicht war es so, weil ich meine Zunge gerade in ihrem Mund gehabt hatte oder vielleicht war es so, weil ich eine herrliche Handvoll ihrer fantastischen Kurven in der Hand hielt, aber mein Gehirn funktionierte nicht so gut wie es sollte.

Mich von ihr lösend sah ich in Kätzchens verträumte Augen. Es war dunkel, aber ich konnte im grünen Licht des Armaturenbretts sehen, dass sie sich bereits halb in ihrem Verlangen verloren hatte.

„Nicht wahr?", bohrte Boone nach.

Sie schüttelte ihren Kopf, ihre Zunge kam heraus, um über ihre Unterlippe zu lecken. Der Duft von Erdbeeren wirbelte um mich. Shampoo? Ihr Mund war so süß und ich wusste, ihre Pussy würde genauso sein. Warm und klebrig.

„Pferde sind ihr scheißegal", stellte Boone fest. „Sie hat noch nie zuvor einen *Mann* geritten. Einen schön großen, harten Schwanz. Diese Muschi ist unberührt."

Ich ließ meine Hand in verblüffter Überraschung fallen und sie wimmerte. „Du bist eine Jungfrau?"

Ich beobachtete, wie sie schluckte, dann nickte. „Ja."

Ich schloss meine Augen, sperrte ihren umwerfenden Anblick aus. Ich war ohnehin schon so kurz davor zu kommen. Zu wissen, dass wir diejenigen sein würden, die sie entjungferten, die diese jungfräuliche Pussy dehnen würden, damit sie nur für unsere Schwänze passte, sorgte dafür, dass mein Schwanz pulsierte. Ich stöhnte.

„Es tut mir leid. Ich dachte nicht, dass es etwas Schlechtes wäre", flüsterte sie. „Vielleicht passiert das alles zu schnell."

„Fuck, nein", entgegnete Boone mit seinem üblichen Fingerspitzengefühl. „Wir müssen nur ein bisschen anders vorgehen. Wir werden heute Nacht mit dir schlafen, aber wir werden sanft sein müssen. Langsam. Auch wenn ich ein Arzt bin, bin ich mir ziemlich sicher, dass eine Frau ein sanfteres Vorgehen braucht, nachdem sie entjungfert wurde."

Ich öffnete meine Augen, sah zu meinem Freund, knirschte mit den Zähnen und nickte. Ja, wir würden dies anders machen. Langsam, auch wenn es mich verdammt nochmal umbringen würde.

PENNY

„VIELLEICHT IST das keine so gute Idee", sagte ich, wobei meine Schritte langsamer wurden, während Jamison meine Hand hielt und mich ins Haus führte.

Boone hatte seinen riesigen Pickup Truck in einer Garage für drei Autos geparkt. Es war zwar das einzige Auto in diesem großen Raum, aber er hatte auch ein dreirädriges Quad, ein Geländemotorrad und einen Klappwohnwagen. Alle waren blitzblank sauber, nicht ein Spritzer Matsch oder Dreck war auf ihnen zu finden. Genauso wie in der restlichen Garage. Es schien, dass Boone, der Saubermann, in seiner Freizeit gerne in die Natur ging.

Boone drückte auf den Knopf, um das Garagentor über unseren Köpfen zu schließen, dann drehte er sich um. „Wir sind nicht wie das Arschloch in der Bar. Wir werden dich nicht dazu zwingen, irgendetwas zu tun, das du nicht willst. Wir werden nirgends hingehen. Wir haben Ewigkeiten, um uns gegenseitig kennenzulernen."

„Das ist genau das Problem", entgegnete ich, zog meine Hand aus Jamisons Griff und verschränkte meine Arme. Nicht, um mich zu verteidigen, sondern um mich davon abzuhalten, wieder nach ihm zu greifen. Ich berührte sie gern. Ich mochte das Gefühl von Jamisons Hand in meiner und auf meiner Brust und ich *wollte* sie an anderen Stellen spüren. Ich traute mir in ihrer Gegenwart kaum selbst, weil sie mich Dinge fühlen ließen, die ich noch nie zuvor gefühlt hatte. Ich hatte schon mal auf einen Kerl gestanden. War scharf auf ihn gewesen. Oder so hatte ich gedacht. Das war im Vergleich zu jetzt ein lauwarmes Bad gewesen. Meine Haut war empfindlich, meine Nippel hart und sehnten sich danach, berührt zu werden. Meine Pussy...Gott, die inneren Wände meiner Pussy zogen sich in freudiger Erwartung ihrer großen Schwänze zusammen. Zum allerersten Mal wollte ich es. Nein, ich *brauchte* es, als ob mein Überleben davon abhinge.

Ja, wir mussten zuerst reden, denn ich würde gleich über sie herfallen, auf sie klettern wie auf einen Baum und hoffen, dass wir wilden, animalischen Sex haben würden.

„Lass uns das nach drinnen verlegen", schlug Boone vor, öffnete die Innentür, wartete darauf, dass ich ihm ins Haus folgte. Er legte eine Hand auf meine Taille, um mich im Dunkeln zu führen und schaltete die Lichter in seinem Wohnzimmer an. Ein steinerner Kamin erstreckte sich neben einer Fensterwand bis zur Decke. Ich konnte mir die Aussicht dahinter nur vorstellen. Jetzt war nämlich alles, was ich sah, tintenschwarze Dunkelheit. Lampen auf jeder Seite eines großen Sofas gaben ein weiches Licht von sich und ich stellte mir vor, dass ich mich hier an einem kalten Winterabend neben dem prasselnden Feuer einrollte und las. Der Raum war männlich. Dunkle Holzböden und saubere, reine weiße Wände. Eine offene Küche war an den Raum angeschlossen. Knorrige

Kiefernschränke, dicker Granit und eine Menge Edelstahlzubehör. Entweder kochte er nicht oder er putzte alles nach der Benutzung, denn alles funkelte blitzsauber. Das Haus war schön und schlicht dekoriert.

„Es ist nicht der Sex", begann ich und blickte zwischen ihnen hin und her. Jamison lehnte sich an die Wand und beobachtete uns. Als ob er nicht näher bei mir stehen wollte, als ob er ein Dutzend Schritte Abstand bräuchte, um sich zurückhalten zu können. Mir entging der dicke Umriss seines Schwanzes nicht. Er beulte seine Jeans nicht aus, wie ich es in Filmen gesehen hatte, die den männlichen Zustand veralberten. Nein, er lag wie ein dickes Rohr entlang der Innenseite seines Schenkels.

Das sollte in mich passen? Meine Pussy pulsierte, begierig darauf, es herauszufinden.

Boone ließ sich auf das Sofa fallen und streckte seine Hand aus, um mir zu bedeuten, dass ich mich auch hinsetzen sollte.

Ich senkte mich ein bisschen anmutiger und vergewisserte mich, dass mein Jeansrock nicht hochgerutscht war. Ich war verwirrt und erregt von ihren Küssen, von Jamisons dreisten Berührungen im Truck. Ihnen konnte nicht entgehen, wie meine Nippel gegen mein T-Shirt drückten, sogar durch meinen BH. Es gab nichts, was ich in Bezug auf meinen verräterischen Körper hätte tun können. Er wusste, was er wollte. *Sie.*

Man hielt mich allgemein für sehr schlau, aber vielleicht war ich in dieser Sache eine Idiotin. Frauen überall auf der Welt, würden für die Chance mit zwei hinreißenden Cowboys zusammen zu sein, töten. Cowboys, die mich besinnungslos küssten und ich *redete*. Es bewies nur, dass sie Gentlemen waren. Zumindest fürs Erste. Ich hatte das Gefühl, wenn wir erst einmal alle nackt waren, würden sie alles andere als das sein. Und das war, worauf meine Pussy hoffte.

Boone hob nur eine dunkle Augenbraue, also leckte ich wieder meine Lippen und fuhr fort.

„Ihr seid absolut bereit, zu sagen, dass ihr eine Ewigkeit mit mir wollt? Wir haben uns gerade erst kennengelernt. Es ist...zu früh. Zu schnell."

Jamison stieß sich von der Wand ab und lief zu uns, um sich auf den großen hölzernen Wohnzimmertisch vor mir zu setzen. Er legte seine Hände auf meine Knie, aber tat nicht mehr. Seine Haut war warm und die einfache Berührung sandte Wellen des Vergnügens...überall in meinen Körper. „Willst du nur eine wilde Nacht des Fickens? Ist es das, was du brauchst?"

Sein Tonfall war so harsch wie seine Worte.

Ich schüttelte meinen Kopf, wodurch meine Haare über meine Schultern glitten. Ich schob sie hinter meine Ohren. „Nein. Wenn ich das wollte, hätte ich mit Patrick oder den Anderen schlafen können. Oder irgendeinem Kerl auf dem College."

Ich hängte den letzten Teil an, weil ich sah, wie sich ihre Augen bei der Erwähnung von Patrick, der mich berührte, verengten und ihre Kiefer anspannten.

„Dann willst du also, dass wir dich vögeln?", fragte Boone.

Ich errötete. Ich konnte die Hitze in meinen Wangen spüren. Allein der Gedanke mehr mit ihnen zu tun als küssen oder dass sie mich an anderen Stellen küssten, ließ mich auf dem bequemen Sofa hin und her rutschen. „Ja."

„Also willst du speziell mit uns einen One-Night-Stand", bohrte er nach.

Ich schüttelte meinen Kopf. „Ja. Ich meine...nein." Ich schloss meine Augen, holte tief Luft. Verwirrt. Nervös.

„Was willst du?", fragte Jamison, während sich seine Daumen kreisend auf der Innenseite meiner Knie bewegten und sie leicht spreizten.

Es war hypnotisierend. Beruhigend. Absolut ablenkend. Meine Augen schlossen sich und ich fühlte nur noch.

„Ich will mehr als das. Mehr als Sex."

„Aber du kennst uns kaum. Wir haben uns gerade erst kennengelernt", wand er ein. Seine Stimme war leise, gleichmäßig. Beruhigend.

„Es ist nicht wichtig", erwiderte ich und öffnete meine Augen, um seinem grauen Blick zu begegnen. Ich fühlte diese verrückte Anziehungskraft zwischen uns. Die elektrische Energie in der Luft, das Verlangen. „Ich kann es nicht erklären, aber ich weiß einfach, dass ich euch will, dass ich alles will."

Keiner von ihnen sagte etwas, stattdessen grinsten sie breit. Blendeten mich mit ihrem guten Aussehen. Ich hatte gedacht, ihre grübelnden Blicke wären absolut sexy, aber dies? Ich hatte keine Verteidigung, die stark genug gegen dieses schelmische Lächeln war.

„Und?", fragte ich, runzelte die Stirn. Wartete.

„Denk nach, Kätzchen", wies mich Jamison an, „nutze dein reizendes Gehirn."

Ich dachte über alles nach, worüber wir gerade gesprochen hatten und erkannte, dass sie mit mir im Kreis geredet hatten. Meine einzige Sorge war, dass sie sich zu schnell für mich interessierten, obwohl ich mich doch genauso schnell in sie verliebt hatte. Sie hatten mich dazu gebracht, das zuzugeben. Ich wollte sie genauso sehr, wie sie mich wollten, auch wenn wir uns gerade erst kennengelernt hatten. Zeit war nicht von Bedeutung, genauso wenig wie Jamisons Sorge über unseren Altersunterschied. Es änderte rein gar nichts. Nichts anderes, als mit ihnen zusammen zu sein, war von Bedeutung.

„Oh." Ich *war* eine Idiotin.

„Oh", wiederholte Boone, rutschte über das Sofa, um sich mir zu nähern, um mit seinen Fingern meine Haare zurück über meine Schulter zu streichen, sich zu mir zu beugen und meinen Hals zu küssen.

Ich wimmerte und das Verlangen, das die ganze Zeit in mir gebrodelt hatte, erwachte wieder mit voller Kraft zum Leben.

„Also hat euch mein Gerede darüber, dass ich eine Familie will, nicht verschreckt? Ich möchte nichts Zwangloses. So bin ich nicht gestrickt", flüsterte ich und neigte meinen Kopf zur Seite.

Ich spürte, wie sich Boones Lippen an meinem Hals nach oben bogen, kurz bevor er seine Zunge ausstreckte und über eine Stelle leckte, von der ich nicht gewusst hatte, dass sie so sensibel war.

„Wir sind hier, oder nicht?", meinte Jamison, während seine Hände über meine Innenschenkel hoch glitten. Seine Finger waren nur noch wenige Zentimeter von meinem Slip entfernt.

„Willst du uns beide? Zwei Männer. Nicht nur für eine Nacht. Nicht nur für einen wilden Ritt. Für mehr", sagte Boone.

Ich nickte und Boones Hand umfasste meinen Hinterkopf und drehte mich so, dass er mich küssen konnte. Darin lag jetzt keine Sanftheit. Sein Mund öffnete sich über meinem, seine Zunge verlangte sofortigen Zutritt. Ich konnte es ihm nicht verwehren. Das wollte ich auch nicht.

„Sag es, Kätzchen", forderte Jamison und zog seine Hände weg. „Denn wir werden dich nicht ficken und deine Jungfräulichkeit nehmen, bis du es tust. Dies ist so viel mehr als nur eine Nacht."

Ich öffnete meine Augen, schaute zu ihm, wand mich, als Boone an meinem Halsansatz knabberte. Seine Wangen waren gerötet, seine Lippen zu einer dünnen Linie zusammengepresst. Er war angespannt und ich wusste, dass all dieses Begehren, diese Dominanz, die er zurückhielt, nur für mich waren.

„Gott, das ist verrückt, aber ja, ich will euch beide. Für mehr als eine Nacht. Für...alles."

Das tat ich. Ich wollte es alles. Die Hoffnung, die diese zwei zusammen mit Lust in mir geweckt hatten, war berauschend. Ich sollte in die andere Richtung rennen. Männer wollten nur für eine Nacht in dein Höschen gelangen, das war alles. Ich wusste, dass Männer alles sagen würden, um Sex zu bekommen. Dinge versprechen und sie dann am nächsten Morgen wieder zurücknehmen würden, weglaufen würden. Aber tief in mir drin wusste ich, dass Jamison und Boone nicht so waren.

Theoretisch gesehen war ich sogar Jamisons Boss. Kady auch. Er würde eine Menge aufgeben für einen Quickie. Im Silky Spur hatte es so viele sexy, willige Frauen gegeben, die mit einer schnellen Runde Sex und nicht mehr zufrieden gewesen wären. Barlow war eine kleine Stadt. Wenn sich herausstellen würde, dass Boone nur eine Affäre wollte, wäre er nicht in der Lage, es vor mir zu verbergen. Ich war zuversichtlich, dass er nicht vorhatte, wegzuziehen, da er der ortsansässige Arzt war. Sie wollten dies genauso sehr wie ich. Sie *fühlten* die Verbindung.

„Dann ist es an der Zeit, diese Pussy einzureiten, Kätzchen." Jamison legte seine Hände zurück auf meine Knie, glitt von dort wieder meine Innenschenkel entlang hoch und spreizte meine Beine weiter als zuvor. „Bist du feucht für uns?"

7

PENNY

DIESE WORTE RUINIERTEN meinen Slip und machten mir bewusst, dass ich das, was auch immer das zwischen uns war, später analysieren würde. Viel, viel später.

Das Gefühl von Boones Liebkosungen an meinem Hals und die Lage von Jamisons Finger fegten sämtliche Gedanken aus meinem Kopf. Ich konnte nur noch fühlen.

„Bist du nervös?", fragte Boone.

Ich öffnete meine Augen blinzelnd und drehte meinen Kopf. Er befand sich immer noch neben mir, aber mehrere Zentimeter trennten uns jetzt. Ich runzelte die Stirn. „Nein."

„Bist du jemals zuvor geküsst worden?"

„Ja."

„Hat dich ein Mann jemals so berührt?", fragte Jamison und seine Finger krochen ein Stückchen näher an meine Pussy, woraufhin ich meine Beine zusammendrückte.

Er zog sie vollständig weg, da er meine Handlung als Unbehagen missverstanden hatte, obwohl ich doch in Wahrheit seine Hand an Ort und Stelle hatte halten wollen.

„Nein", sagte ich. Ich stand auf und

zwang Jamison dazu, auf dem Sofatisch nach hinten zu rutschen, um Platz für mich zu machen. Ich holte tief Luft. Stieß sie aus. Dann stampfte ich praktisch mit meinem Stiefel auf den Boden. „Ihr Männer wart total scharf auf mich, bevor ihr herausgefunden habt, dass ich Jungfrau bin. Jetzt ist es, als würdet ihr denken, dass ich zerbrechen oder in Tränen ausbrechen werde oder so. Der einzige Unterschied zwischen uns ist, dass ihr das schon mal gemacht habt. Ihr habt Erfahrung. Ich bin nicht weniger begierig darauf und wenn ihr den Zustand meines Slips sehen würdet, wüsstet ihr das. Ich werde nicht zerbrechen."

„Kätzchen hat wirklich Krallen", stellte Boone fest, wobei sich sein Mundwinkel anhob. „Alles klar, eine letzte Frage."

Ich hob eine Braue, wartete.

„Wenn dich ein Mann noch nie

berührt hat, hast du dich dann jemals selbst zum Höhepunkt gebracht?"

Ich spürte, dass meine Wangen heiß wurden, aber ich wusste, ich konnte mich jetzt nicht wie eine schüchterne Jungfrau vor ihnen verhalten. Nein, ich wollte sie, wollte *dies*. „Ja."

Jamisons Hand fiel zu der dicken Länge in seiner Hose und er rutschte auf dem Wohnzimmertisch herum. Das konnte nicht bequem sein.

„Zeig es uns", befahl Boone.

Ich schaute zwischen den beiden hin und her und sie beobachteten mich nur. Warteten. Um das zu tun, müsste ich nur meinen Mut zusammennehmen und es einfach tun. Schließlich war ich eine erwachsene Frau.

Innerlich lächelte ich und setzte mich zurück auf das Sofa. Das hier war genauso wie in meinem Bett im Dunkeln. Allein. Ja, von wegen. Das Licht war an und zwei kräftige Männer beobachteten den Weg meiner Hand, während ich sie zu meinem Bauch und über meinen Jeansrock wandern ließ. Ihr tiefes Atmen war das einzige Geräusch im Raum. Ihre Blicke erhitzten mich auf eine Weise, wie es ein knisterndes Feuer in dem kalten Kamin niemals könnte.

Ich öffnete meine Beine leicht, wodurch der Rock ein wenig nach oben rutschte.

Jamison klopfte auf seine Knie. „Leg deine Füße hierhin."

Ich hob einen, legte ihn auf sein rechtes Knie. Er ergriff den Stiefel, zog ihn aus und ließ ihn mit einem dumpfen Knall auf den Boden fallen. Zog den cremefarbenen Kniestrumpf aus, ließ ihn fallen. Ich hob den anderen Fuß und er tat das Gleiche, dann platzierte er meine beiden nackten Füße auf seinen Knien.

Langsam spreizte er seine Beine, was

dazu führte, dass sich meine Füße immer weiter voneinander entfernten und mein Rock so weit hochrutschte, dass er um meine Hüften hing. Eine beabsichtigte Handlung, die sexy und unanständig war und ich liebte es. Ich biss auf meine Lippe, um ein Wimmern zu unterdrücken und beobachtete, wie sie mich beobachteten. Vor allem meinen Slip betrachteten sie, als ob er das heißeste Ding wäre, das sie je gesehen hatten.

„Du bist feucht", stellte Jamison fest, während seine Augen nur auf die Stelle zwischen meinen Beinen fokussiert waren. Die dunklen Stoppeln auf seinem Kiefer fingen das Licht ein und mir entging der rötliche Hauch darin nicht. „So feucht, dass dein Spitzenhöschen an deiner Pussy klebt."

„Zieh es aus", verlangte Boone. Ich fragte mich, ob das wohl seine Befehlsstimme war, die er in der

Notaufnahme einsetzte, wenn es nötig war. Der tiefe Tonfall war fantastisch und erregte mich auf eine Weise, wie ich es noch nie erlebt hatte. Manche würden sagen, dass ich ein unterwürfiges Wesen hätte, da ich meine Daumen links und rechts in meinen Slip hakte und genau das tat, was er verlangt hatte.

Ich hob meine Hüften und zog den Slip nach unten zu meinen Knien, wo Jamison ihn mir abnahm und ihn den restlichen Weg meine Beine hinunterzog. Anstatt ihn auf den Boden zu meinen Stiefeln und Socken fallen zu lassen, stopfte er den winzigen Tanga in seine Hemdtasche.

Ich biss auf meine Lippe, als sie mich weiterhin anstarrten, dieses Mal auf meine entblößte Pussy. Kein Mann hatte sie je zuvor gesehen und ich fühlte mich ungeschützt und...nervös. War meine normal? Anziehend?

„Du bist so wunderschön", sagte

Boone und seine Augen verengten sich auf eine Art, die ich als Wut interpretiert hätte, aber er war einfach nur erregt. Und zwar auf beeindruckende Weise. Seine Kiefer pressten aufeinander, da er sich anscheinend konzentrieren musste, sich zu entspannen. „Überall."

„Berühr diese fantastische Pussy", forderte Jamison.

Aufgrund ihrer glühenden Blicke fühlte ich mich hübsch, begehrt. Dass ich eine Art Macht über sie hatte, war berauschend. Ich legte meine Hand auf meine Spalte und entdeckte, dass ich feuchter war, als ich es jemals zuvor gewesen war. Ich bewegte meine Fingerspitzen direkt zu meiner Klitoris, die hart war und beinahe schon pulsierte. Meine Augen schlossen sich bei diesem Gefühl und zu wissen, dass sie mich beobachteten, sorgte dafür, dass ich mich verrucht fühlte.

Ich keuchte und meine Augen

öffneten sich, als ich genau unter meinen Fingern berührt wurde. Boone hatte sich vorgebeugt und einen Finger in mich gesteckt. Mit seiner anderen Hand, hob er meine hoch, führte sie an seinen Mund und leckte meine Fingerspitzen sauber.

Das Gefühl seiner Zunge, die darüber glitt, als wären sie Eiscreme, und zu wissen, dass er meine Erregung schmeckte, ließen meinen Mund überrascht aufklappen. Es war so primitiv, besonders die Art und Weise, wie sich sein Blick in mich bohrte. Als ob er vorhätte, jeden Zentimeter von mir zu verschlingen und mit meinen Fingern anfing.

„Süß", murmelte er.

Jamison knurrte, während er seine Arme um meine Knie hakte und sich auf den Boden zwischen meine Schenkel fallen ließ. „Ich will auch eine Kostprobe."

Ich hatte nicht einmal die Chance, über mehr, als das Gefühl meiner Waden auf seinen Schultern, nachzudenken, als er auch schon seinen Mund auf mich legte. Dort.

„Oh Gott!", schrie ich, meine Hüften bewegten sich mit ihrem eigenen Willen. Sein Mund glitt über mich, von oben nach unten und zurück, leckte meine Feuchtigkeit auf, lernte jeden Zentimeter von mir kennen. Zuerst tat er das mit seiner flachen Zunge, dann spannte er sie an und zwirbelte damit über und um die empfindliche linke Seite meiner Klitoris. Ich spürte das Kratzen seines Bartes auf meinen Innenschenkeln, was dem Angriff eine weitere Empfindung hinzufügte.

Er zog sich zurück, leckte seine Lippen. „So verdammt süß. Klebrig wie Honig." Mit einer Hand auf der Rückseite meines Schenkels hielt er mich schön weit geöffnet, während sein anderer Finger über mich glitt und meinen Eingang umkreiste.

„Hat dich irgendein Kerl jemals hier berührt?"

Ich sah seinen Finger über mein pinkes Fleisch kreisen, konnte das Geräusch hören, wie feucht ich allein von dieser kleinen Bewegung war. Dieser Anblick war so sinnlich. Seine stumpfen Finger...dort. Ich waxste mich nicht, wie es manche Frauen taten, wie ich wusste. Ich rasierte mich, hielt die Dinge ordentlich und gestutzt, aber hatte nie in Erwägung gezogen, was einem Mann gefallen könnte.

„Nein." Als ich meinen Kopf schüttelte, rutschten meine Haare über das weiche Kissen. Ich stand so kurz davor, zu kommen, allein durch das neckende Lecken, mit dem er mich verwöhnt hatte. Es war nicht genug. Ich brauchte mehr. Meine Hand nach oben streckend, fuhr ich mit ihr durch sein kurzes Haar, zog ihn näher.

„Gut." Er umkreiste meine Öffnung ein weiteres Mal, dann tauchte er in sie ein. Seine Augen wurden schmal und ich hörte ihn stöhnen, ein tiefes Knurren in seiner Brust. „Schau, wie du meinen Finger aufnimmst. Das ist es. So verdammt eng. Und gierig. Das stimmt, packe mich und zieh mich rein. Stell dir vor, wie es mit einem schön großen Schwanz sein wird."

Er redet weiterhin mit mir, sagte schmutzige Dinge, während er mich sanft mit seinen Fingern fickte. Meine Hüften begannen sich zu bewegen, als ob mein Körper wüsste, wie ich ihn dazu bringen könnte, sich schneller, tiefer zu bewegen. Genau richtig.

Boone legte einen Unterarm über mir auf die Rückseite des Sofas, beugte sich nach vorne und legte seine Hand auf meinen Unterleib. Der Jeansstoff und mein Oberteil verhinderten einen Haut zu Haut Kontakt, zumindest bis er noch tiefer glitt und sich sein Daumen auf meiner Klitoris niederließ. Jetzt berührten sie mich beide, bearbeiten gemeinsam meine Pussy.

Beide beobachteten mich aufmerksam, erfassten meine Reaktionen auf ihre Handlungen und schienen dementsprechend ihre kleinen Bewegungen anzupassen. Ich konnte nicht still bleiben, meine Hüften hoben und senkten sich, als ich dem Höhepunkt näher und näher kam. Ich wusste, was ich wollte, einen Orgasmus. Und Jamison und Boone würden mir einen geben. Einen großen, explosiven, Verstand raubenden, unglaublichen Orgasmus, der mich für meine eigene Hand, meinen Vibrator und jeden anderen Mann ruinieren würde.

Ich biss auf meine Lippe.

„Wir wollen dich hören, Kätzchen",

sagte Jamison, zog seinen Finger heraus und ich wimmerte, aber er fügte nur einen zweiten hinzu und führte sie beide sanft in mich ein.

Ich war so eng und seine Finger dehnten mich weit. Ich wusste, er tat das in Vorbereitung auf das, was als nächstes kommen würde...ihre Schwänze.

„Ja!", schrie ich, als er diese Finger genau richtig krümmte und meine Hüften hoben sich vom Sofa. Es war, als hätte ich eine Art Knopf in mir, der meinen Orgasmus ausgelöst hatte. Zusammen mit Boones Daumen war die Kombination einfach...himmlisch.

Mein Kopf presste sich in die Sofakissen, ich spannte mich an, meine Schenkel drückten sich in Jamisons Schultern. Ich war nicht leise, während der unglaublichste Orgasmus mich erschütterte...und mich erschütterte. Und *mich erschütterte.*

Keiner von ihnen ließ von mir ab

und es ging immer weiter und weiter. Irgendwann kam ich wieder zu Atem und sackte auf dem Sofa zusammen. Verschwitzt, befriedigt und ich konnte das Lächeln, das sich auf meinen Lippen formte, nicht zurückhalten. *Das* war, was mir entgangen war.

„So wunderschön", murmelte Boone. Ich öffnete meine Augen und erwischte sie dabei, wie sie ihre Finger sauber leckten. Ihnen gefiel es wirklich sehr von mir zu kosten. „Jetzt haben wir dich weich und entspannt für unsere Schwänze gemacht."

Jamison hob meine Beine von seinen Schultern und ließ sich wieder auf dem Wohnzimmertisch nieder. Er half mir, mich direkt vor ihn zu stellen. Mein Rock hing immer noch um meine Taille.

„Bereit für mehr?", fragte er, während sein glühender Blick über mich wanderte. Ich war mir sicher, ich sah aus wie ein zerzaustes, gut befriedigtes Chaos.

Meine Haare waren wahrscheinlich verknotet, meine Wangen gerötet und ich war von der Taille abwärts unanständig entblößt. Und es war mir egal.

„Oh ja", antwortete ich, das Lächeln wich dabei nicht von meinem Gesicht. Ich hatte das Gefühl, dass es eine ganze Weile dort sein würde.

Jamison grinste und seine Finger gingen zu dem Knopf an meinem Rock, arbeiteten den Jeansstoff nach unten und über meine Hüften. Ich war ungeduldig, begierig auf mehr. Dieser Orgasmus machte süchtig, wie ein Schuss irgendeiner mächtigen Droge. Ich kannte all die wissenschaftlichen Ausdrücke dafür, *warum* ich mich so gut fühlte, aber wen interessierte das schon? Mich nicht. Alles, was ich wusste, war, dass ich einen weiteren von Boone und

Jamison hervorgerufenen Orgasmus wollte. Jetzt.

Ich öffnete die Knöpfe meiner Bluse mit geschickten Fingern, schüttelte sie ab, dann griff ich hinter mich, öffnete den Verschluss meines BH und ließ ihn ebenso zu Boden fallen.

Ich stand nackt vor ihnen. Entblößt. Verletzlich. Dennoch *sehr* erregt.

Aber so wie sie mich ansahen, so wie ihre Hände nach oben wanderten und sanft über meine entblößte Haut strichen, fühlte ich mich auch...hübsch.

„Sieh dich nur an", meinte Boone, seine Knöchel streichelten über meine Hüfte, die runde Kurve meines Hinterns. Er war so groß, so...muskulös und dennoch fühlte ich mich wertgeschätzt, nicht verletzlich, wie ich mich bei dem Arschloch in der Bar gefühlt hatte. „So verdammt hübsch."

Und ich fühlte mich nicht wie ein schneller Fick für Zwischendurch. Ich mochte sie zwar erst seit obszön kurzer Zeit kennen und jetzt stand ich nackt vor ihnen – und gut befriedigt von einem Orgasmus, den sie meinem Körper so einfach abgerungen hatte – aber was wir gemeinsam tun würden, fühlte sich besonders an. Wichtig.

„Ich bin klein."

„Ein winziges, hinreißendes Gesamtpaket", entgegnete Jamison.

„Kurvig."

„Verdammt perfekt", ergänzt Boone. Er drehte mich zu sich, umfasste meine Brüste.

„Sie sind groß." Ich sprach jeden einzelnen meiner Komplexe an. Meine Doppel-Ds waren überproportional groß für meine Höhe. Rennen war nichts, was ich tat, ohne zwei Sport-BHs zu tragen... und nur wenn ich von einem Axtmörder verfolgt wurde.

Seine Daumen glitten über meinen Nippeln vor und zurück und er beobachtete, wie sie sich zu harten Spitzen aufrichteten. Das fühlte sich so gut an, als ob es eine direkte Verbindung zwischen dem, was er tat, und meiner Klitoris gäbe. Er sah mich fast ehrfürchtig an. „Ich bin ein Brüste-Mann, Kätzchen."

Jamison gab mir einen Klaps auf den Hintern und ich erschrak, wodurch ich mich noch mehr in Boones Hände drückte. „Und ich bin ein Hintern-Mann", merkte Jamison an, während er über die erhitzte Haut streichelte. „Das hat dir gefallen, nicht wahr?"

Ich antwortete nicht, denn ich hatte nicht bemerkt, dass das der Fall war. Während der leichte Klaps eine Überraschung gewesen war, hatte sich das Brennen jetzt in Hitze verwandelt und ich fühlte, wie ich feuchter wurde... wenn das überhaupt noch möglich war. Er gab mir einen weiteren leichten Klaps, brachte mich dazu zu antworten.

„Ja", keuchte ich. „Ich bin auch an anderen Stellen groß", gab ich anschließend zu und ausnahmsweise war ich einmal dankbar, dass meine blasse Haut bereits gerötet war. Ich biss auf meine Lippe, da mir bewusst wurde, dass dieser Makel vielleicht nicht etwas war, auf das ich hinweisen sollte.

Jamison hob eine Augenbraue.

Ich senkte meine Hand zwischen meine Schenkel, spürte, wie geschwollen ich war. Wie feucht. Wie empfindlich. „Hier. Meine...Lippen hier sind groß."

Boone stieß einen Atem aus. „Mehr von dir, das unsere Schwänze umfassen kann." Als ich nicht antwortete, fuhr er fort: „Ich bin ein Arzt und das ist meine Expertenmeinung."

Ich konnte nicht anders, als zu lächeln, und ich spürte, wie meine irrationalen Bedenken verflogen.

„Mir gefällt, dass ich deine Klitoris von hier sehen kann, ganz pink und hart für uns", fügte Jamison hinzu. „Und was groß betrifft? Ich hatte gerade einen sehr nahen und persönlichen Blick auf deine Pussy, habe sogar von ihr gekostet, Kätzchen, und sie ist nichts anderes als perfekt."

Keiner meiner Fehler schien sie zu interessieren. Na ja, sie *interessierten* sich dafür, aber alles, was ich als persönlichen Makel betrachtet hatte, war für sie anziehend.

„Oh, Kätzchen, was wir alles mit dir anstellen werden", seufzte Boone, bevor er mich über seine Schulter warf, die Treppen hochtrug und mich auf ein weiches Bett fallen ließ. „Dieser Orgasmus war nur zum Aufwärmen. Noch bevor wir mit dir fertig sind, wirst du dich nicht einmal mehr an deinen Namen erinnern."

Sie standen am Fußende des Bettes, musterten mich mit schmalen, leidenschaftlichen Blicken. Mir entgingen die dicken Konturen ihrer Erektionen in ihren Jeans nicht. Sie hatten sich allein auf mich konzentriert und ihre Bedürfnisse hinten angestellt. Ich mochte sie auf diese Weise, aber stellte mir trotzdem vor, wie es wohl sein würde, wenn sie ihren Bedürfnissen freien Lauf ließen. Ich wollte nicht, dass sie mit mir vorsichtig waren. Jamisons Klapse waren spielerisch gewesen, ihre Berührungen sanft. Es war eine Seite an ihnen, die mir gefiel, aber ich wollte mehr. Ich wollte das Wilde. Das Raue. Das Dunkle.

„Versprechen,   Versprechen", erwiderte ich neckend, während ich meine Füße auf das Bett stellte und meine Knie weit spreizte.

Ihre Hände fielen zu ihren Jeans, zogen sie weit genug von ihren schmalen Hüften, dass ihre Schwänze befreit wurden. Oh, Scheiße. Jetzt wusste ich, warum Jamisons Schwanz an seinem

Schenkel wie ein Stahlrohr ausgesehen hatte und Boone war kein Stückchen kleiner. Dick und lang war das Fleisch ihrer Schwänze dunkler, roter als der Rest von ihnen. Eine dicke Vene führte entlang der Unterseite von Jamisons Schwanz und Boones wurde von einer breiten Eichel gekrönt, ein perlenförmiger Tropfen Flüssigkeit glitt daran hinab. Beide neigten sich nach oben zu ihren Bäuchen.

Meine Pussy zog sich bei dem Gedanken, von so riesigen Schwänzen geöffnet zu werden, zusammen. Jamisons Finger hatte sich gut angefühlt, aber diese...diese Prügel? Meine Beine hatten angefangen, sich wieder zu schließen, während ich begann meine Stichelei in Frage zu stellen, als sie sich plötzlich auf mich stürzten.

8

BOONE

ICH WAR EIN ARZT. Ich hatte zuvor schon nackte Frauen gesehen. Ich war auch kein Mönch. Ich hatte mich durch meine Zwanziger gefickt, war in meinen Dreißigern sehr viel selektiver gewesen. Aber niemand konnte mit Penny mithalten. Heilige. Verdammte. Scheiße.

Sie war süß. Klug. Ein bisschen frech. Verwegen. Leidenschaftlich. Und als sie diese seidig weichen Schenkel öffnete, hatte sie dort auch noch einen sehr sexy Streifen. Und sie toppte das Ganze noch mit einer unberührten Muschi.

Fuck, meine Eier waren bereit, zu kommen. Ich konnte das Verlangen am Ende meiner Wirbelsäule fühlen, das Kribbeln, der Drang, mich einfach in sie zu versenken und zu explodieren. Und ich hatte sie nur angefasst, nicht mehr. Als ich sechzehn gewesen war, hatte ich meine Hände zum ersten Mal auf ein Paar Titten gelegt und hatte genau das getan, ich hatte eine Sauerei in meinen Hosen und einen Idioten aus mir selbst gemacht. Jetzt hatte ich mehr Kontrolle...hoffte ich.

Wenn sie es schmutzig wollte, würden wir ihr das geben, aber dieses erste Mal, würden wir sie auf die Art nehmen, die sie verdiente. Sie gab uns ein verdammtes Geschenk.

Ich fing an, mich meiner Kleider zu entledigen, schlüpfte aus meinen Stiefeln, während ich die Knöpfe meines Hemdes öffnete. Fünf Sekunden wurden dafür verschwendet, nackt zu werden, aber ich hielt meine Augen die gesamte Zeit über auf Kätzchen gerichtet, erfasste jeden Zentimeter von ihr, der auf meinem Bett lag. Sie war genau dort, wo ich sie in meinen Träumen gesehen hatte...worauf ich gehofft hatte, seit der ersten Sekunde, in der ich sie erblickt hatte. Ihre hellen Haare breiteten sich unter ihr aus, ihre Augen waren weit geöffnet und begierig, während sie uns beim Ausziehen beobachtete. Die perfekten Wölbungen ihrer Brüste mit hellpinken Nippeln, die bereits hart waren. Die weiche Kurve ihres Bauchs, breite Hüften, muskulöse Beine. Und zwischen ihnen? Die perfekteste Muschi, die ich je gesehen hatte. Sie war eine natürliche Blondine und die hellen

Haare konnten ihre pinken Lippen nicht verbergen, die geschwollen und feucht waren.

Jamison hatte bereits von ihr gekostet. Ich leckte meine Lippen, bereit, dass ich an die Reihe kam.

„Wir müssen uns vergewissern, dass du bereit und schön entspannt bist, deine Muschi ganz glitschig und weich für unsere großen Schwänze ist", erzählte ich ihr und sah Jamison nicken, während er sein Hemd mit viel langsamerer Geschwindigkeit auszog.

Sie rutschte auf dem Bett herum, ihre Füße glitten über die Decken. „Ich bin bereit. Wirklich."

Langsam schüttelte ich meinen Kopf. „Noch nicht."

Ich streckte meine Hand aus, packte ihre beiden Knöchel und zog sie zum Bettrand. Sie quiekte überrascht auf, dann stemmte sie sich auf ihre Ellbogen, so dass sie mich anschauen konnte. Ich fiel auf dem weichen Teppich auf meine Knie, legte meine Hände auf die seidigsten Innenschenkel, die ich je gefühlt hatte, und hielt sie geöffnet, während ich meinen Mund auf sie legte. Ich holte tief Luft, atmete sie ein. Fühlte, wie ihr heißer, süßer Honig meine Zunge benetzte, meine Lippen, sogar meine Bartstoppeln.

Ich stöhnte.

Sie stöhnte. Packte die Decken mit ihren Händen.

„Sie schmeckt so verdammt gut, nicht wahr?", fragte Jamison.

Der Klang seiner Stiefel, die einer nach dem anderen den Boden berührten, folgte, aber ich antwortete nicht, da ich zu beschäftigt damit war, an ihren vollen Lippen zu saugen und mit meiner Zunge über ihre Klitoris zu gleiten. All das führte dazu, dass sie ihre Hände zu meinen Haaren führte und daran zog. Ihre Augen schlossen sich und sie plumpste zurück auf das Bett.

„Ich bin bereit. Ich bin bereit.", wiederholte sie wieder und wieder, während ich sie dem Höhepunkt näher brachte. Ich hatte nicht vor, sie den Gipfel erreichen zu lassen. Ich wusste, ich könnte es, aber das war der Vorteil daran, älter und erfahrener zu sein. Ich würde sie genau bis zum Höhepunkt bringen und sie dort zappeln lassen, so dass sie, wenn Jamison sie zum ersten Mal füllte, kommen würde, anstatt Schmerzen zu empfinden.

Ich ging behutsam mit ihr um, wirbelte mit der Zunge präzise über ihre kleine Knospe, während ich einen Finger in sie gleiten ließ in dem Versuch, sie daran zu gewöhnen, dass etwas in ihr war. Sie war so verdammt feucht, dass ich einen zweiten Finger hinzufügte und beide spreizte, um ihr unerprobtes Gewebe zu dehnen und sie zitterte und zog sich um mich herum fest zusammen. So verdammt fest.

„Bitte, Boone. Bitte fick mich."

Da knurrte ich, leckte ein letztes Mal von ihrem Hintern zu ihrer Klitoris und setzte mich zurück auf meine Fersen. Lusttropfen rannen in einem stetigen Strom meinen Schaft hinab, benetzten meine Eier. Aufschauend sah ich, wie verloren Kätzchen war. Sie hatte sich völlig ihrem Verlangen hingegeben und dem, was ich ihrem Körper entlockt hatte.

Ich nickte Jamison zu, als ich aufstand, zum Kopf des Bettes ging und mich auf dem Haufen Kissen niederließ, während Jamison Kätzchen hochhob und sie auf mich legte, so dass ihr Rücken an meiner Brust ruhte. Um sie greifend umfasste ich ihre Brüste, küsste die Seite ihres Halses und hoch bis zu ihrem Ohr.

Ich rutschte hin und her, hakte

meine Fersen um die Innenseite ihrer
Waden und spreizte ihre Beine weit,
bevor   Jamison   zwischen   ihren
geöffneten Beinen in Stellung ging. Er
kniete sich hin, streichelte mit einer
Hand über ihr zartes Fleisch.

„Es ist an der Zeit, Kätzchen. Willst
du, dass Jamison dich ausfüllt? Dass er
dich entjungfert?"

„Bitte", wimmerte sie. Ihre Nippel
waren   harte   Perlen   in   meinen
Handflächen, ihre Haut feucht von
Schweiß, ihre Muschi geschwollen und
begierig. Ich atmete den Duft ihrer
Erregung ein, leckte meine Lippen bei
dem   anhaltenden   Duft.   Spürte   den
klebrigen   Honig   auf   meinen
Fingerspitzen.

„Du bist die Unsere, Penelope
Vandervelk", verkündete Jamison, seine
Stimme war ein tiefes Rumpeln, sein
Verlangen so groß, als er sich vor ihrer

jungfräulichen Öffnung in Position brachte.

„Unsere", wiederholte ich, während ich beobachtete, wie mein Freund in Kätzchen glitt und sie eroberte.

PENNY

Sɪᴇ ᴡᴀʀᴇɴ ɢᴜᴛ. Wirklich, *wirklich* gut darin. Meine Lust war so weit fortgeschritten, dass ich mich, auch wenn ich Jamisons Schwanz in mich gleiten spürte, – wie konnte mir auch entgehen, dass etwas von der Größe eines Stahlrohres mich weiter und immer weiter dehnte – zu sehr nach dem Höhepunkt sehnte, um in Panik zu geraten.

Ich wollte Jamison in mir haben. Brauchte es. Irgendwie fühlte ich mich leer ohne ihn, was verrückt war, da ich noch nie zuvor einen Penis in mir gehabt hatte.

Ein Wimmern entwich meinen Lippen, als Jamison sich zurückzog und wieder nach vorne drückte, jeweils nur den Bruchteil eines Zentimeters. Während er das tat, spielte Boone mit meinen Brüsten, zupfte und zog an meinen Nippeln, knabberte an meinem Hals und flüsterte mir Lob und schmutzige Versprechen ins Ohr.

Nur ein Schwanz konnte meine Jungfräulichkeit nehmen. Vielleicht hatte Jamison beim Münzenwerfen gewonnen. Ich hatte keine Ahnung, aber Boone würde nicht nur am Rand sitzen und zuschauen. Nein, er war aktiv daran beteiligt. Ich konnte den harten Druck seines Schwanzes in meinem Rücken spüren, wusste, er würde als nächster an der Reihe sein, aber er machte ebenfalls bei diesem ganzen Jungfräulichkeits-Gerede mit.

„Braves Mädchen. Schau zu, Kätzchen. Beobachte, wie diese enge Muschi Jamisons Schwanz schluckt."

Jamison hatte eine Hand auf das Kopfbrett über Boones Kopf gelegt, die andere zwischen meine Beine, ein Finger glitt vorsichtig um meinen Eingang und über diese großen Lippen da unten, die seinen Schwanz wirklich umfassten.

Meine Augen flackerten hoch zu Jamisons, seine Lider waren gesenkt, sein Kiefer angespannt. Schweiß tropfte von seinen Schläfen. Er hielt sich zurück. Ich konnte, die Spannung in seinem Körper sehen, fühlte die vorsichtigen Stöße, wusste, dass das nicht normal war oder was er brauchte.

„Mehr", forderte ich von ihm. Ja, ich gab ihm meine Jungfräulichkeit, aber beide von uns waren daran beteiligt. „Ich will, dass das auch für dich gut ist."

Jamison lachte, aber es klang etwas abgehackt. „Kätzchen, wenn es noch besser wäre als das, würde ich wahrscheinlich ein Aneurysma bekommen."

„Warum bewegst du dich dann nicht härter? Tiefer?"

Vielleicht bewegten sich seine Hüften gegen seinen Willen, aber er glitt einen weiteren Zentimeter nach innen und ich spürte die Dehnung, das Brennen und zischte.

„Das ist der Grund. Du bist so eng. So feucht. Du bist eine Faust, ein verdammter Schraubstock."

Er würde es nicht tun. Irgendwie hatte er Angst, mir weh zu tun. Obwohl sein Verlangen so groß war, dachte er noch an mich. Ich hatte ihnen bereits zuvor erklärt, dass ich nicht zerbrechlich war. Sicher, dieses ärgerliche Jungfernhäutchen war eben dies, aber das dumme Dinge diktierte nicht, wie das hier ablaufen würde. Das tat ich. Na ja, *sie* taten das, aber in diesem Moment könnte ich die Kontrolle übernehmen. Könnte tun, was sich Jamison weigerte, zu tun, auch wenn es ihn beinahe umbrachte.

Ich hob meine Hüften in einem starken Stoß, wodurch Jamison vollständig in mich glitt.

Jamison stöhnte, seine Hand entfernte sich von mir und klatschte auf das Bett neben meiner Hüfte.

Boone flüsterte: „Fuck."

Ich schrie auf, als Jamison mich vollständig füllte. Sie hatten recht gehabt. Er passte. Aber meine inneren Wände zuckten, versuchten sich an das Eindringen zu gewöhnen.

Boones Hände beruhigten mich, seine Worte trösteten mich, während sie mir erlaubten, mich an die neue Situation anzupassen.

„Kätzchen", tadelte Jamison, während er versuchte, wieder zu Atem zu kommen.

„Da, es ist erledigt", keuchte ich. „Jetzt zeig mir, wie gut es sein kann."

Ich begegnete Jamisons grauen Augen, als ich ihm die Herausforderung direkt ins Gesicht sagte. Er grinste zur Antwort.

„Ja, Ma'am."

Da begann er, sich zu bewegen, tiefe, langsame Stöße, rein und raus, während er mich beobachtete und sich vergewisserte, dass es mir gut ging. Aber ich mochte dieses Tempo, die Art, wie jedes einzelne Nervenende in mir zum Leben erwachte.

„Oh mein Gott."

Jamison grinste sogar noch breiter. „Warte nur."

Er musste mit dem, was er fühlte,

was er auf meinem Gesicht sah, zufrieden sein, denn er hakte meine Knie unter und hob sie hoch, so dass der Winkel anders war.

Meine Augen weiteten sich bei diesem tieferen Eindringen.

„Warte, bis du diese Pussy spürst, Boone. So heiß, so feucht. Sie passt wie ein Handschuh. Ich forme ihre Pussy, so dass sie zu meinem Schwanz passt. Deiner ist als nächster dran."

Es war, als ob ein Zügel gerissen wäre und Jamison gab jede Vortäuschung von Kontrolle auf. Er fickte hart, tief. Das Geräusch unserer Körper, die gegeneinander klatschten, vermischte sich mit unserem abgehackten Atmen.

„Zeit zu kommen, Kätzchen", murmelte Boone in mein Ohr, während er weiterhin mit meinen Brüsten spielte.

Ich hatte keine Ahnung, woher er das wusste, nur indem er mich ansah, aber er hatte recht. Durch Jamisons präzises Vögeln, Boones spielerische Hände kam das Vergnügen von überall. Meine Ohren kribbelten, meine Zehen rollten sich ein. Meine Pussy pochte, pulsierte. Meine Klitoris schmerzte.

Das alles verband sich zu diesem hellen, weißen Leuchten und ich kam. Mein Körper spannte sich an, mein Atem stockte mir in der Kehle, während der Orgasmus über mich hinwegspülte.

Keiner von beiden hörte mit dem auf, was sie gerade taten, während ich kam. Und kam. Ich holte Luft und schrie auf, packte Boones harte Schenkel, drückte meinen Kopf an seine Schulter.

Ich spürte, wie Jamison in mir noch größer wurde, bevor er tiefer in mich stieß, einmal, zweimal, dann stöhnte, wobei das Echo aus den Tiefen seiner Brust kam. Sein Hintern war straff angespannt, als er kam. Ich konnte die Hitze seines Spermas fühlen, als es mich füllte. Mein Orgasmus dauerte an und ich wusste, dass meine Pussy ihn molk und all diesen Samen tief aufnahm.

Jamison hob seinen Kopf. Über seinen Augen lag ein verträumter Schleier. Die Spannung, das verzweifelte Verlangen waren verschwunden. Jetzt zeigte sich Freude auf seinem Gesicht. Männliche Befriedigung. Dies war der Blick eines gut befriedigten Mannes, eines Mannes, der gerade die elementarste Aufgabe beendet hatte. Ficken, sich paaren, eine Frau mit seinem Samen füllen.

Er setzte sich zurück auf seine Fersen und zog seinen Penis vorsichtig aus mir. Ich sah, dass er immer noch hart war, immer noch eine dunkellila Farbe hatte, aber jetzt mit unseren vereinten Flüssigkeiten glänzte. Jamison schaute an sich selbst hinab.

„Das ist so verdammt heiß", murmelte er, dann wanderte sein Blick zu meinen gespreizten Schenkeln. Ich spürte den heißen Strom seines Spermas, als es aus mir glitt. Seine Finger strichen sanft über meine empfindlichen Falten. „Das auch."

Seine Augen wanderten über meinen Körper, begegneten meinen. „Ich habe dich ungeschützt genommen. Ich nehme an, dass du keine Pille oder so etwas nimmst."

Ich schüttelte meinen Kopf. Ich hatte niemals die Pille genommen, da ich nie vorgehabt hatte, wahllos mit Männern zu schlafen. Ich wusste, dass, wenn ich mich einem Mann hingab, er der Eine sein würde und dass ich nichts zwischen uns haben wollen würde. Kein Latex. Nichts. Nur Haut auf Haut.

Ich hatte mir nur nie vorgestellt, dass der Eine zwei sein würden.

„Ich habe noch nie ohne ein Kondom gevögelt, Kätzchen. Du bist die Erste. Die Letzte. Du wolltest ein für immer." Er sammelte seinen Samen, schob ihn wieder in mich und ich wimmerte bei dem Gefühl. „Jetzt gibt es kein Zurück mehr."

Nein, das gab es nicht. Ich spürte seinen Samen. Es gab so viel davon und ich wusste, er befand sich tief in mir. So tief, dass er mir für immer das geben konnte, was ich wollte. Ein Baby. Meine eigene Familie.

„Ich bin dran, Kätzchen", verkündete Boone und verlagerte seine Hände von meinen Brüsten zu meinen Hüften.

Mit einer Leichtigkeit, die bewies, dass er sehr stark war und ich sehr klein, wirbelte er mich mit einer leichten Bewegung herum. Ich beugte mich nach unten, küsste ihn, spürte jeden Zentimeter seines heißen Körpers, der sich an meinen drückte.

Der Kuss war ein wilder Wirrwarr unserer Zungen, während seine Hände meinen Hintern umfassten und mich an ihn pressten.

„Setz dich rittlings auf mich", befahl er, als er den Kuss beendete.

Ich beugte meine Knie, platzierte sie auf jeder Seite seiner Hüften und er half mir, mich aufzusetzen. Sein Schwanz befand sich direkt vor mir, erhob sich senkrecht in die Höhe. Er umfasste die Wurzel mit einer Hand, streichelte einmal darüber. Zweimal. Ein perlförmiger Tropfen Flüssigkeit quoll aus der Spitze.

Jamison kniete sich auf die Seite des Bettes, nahm meine Hand und half mir, so dass ich auf meinen Knien war.

„Das ist es. Jetzt nimm Boone auf. Er will auch in dieser perfekten Pussy sein."

Mein Blick flackerte zu Boone, der mehr Beherrschung, mehr Geduld hatte als irgendjemand, den ich je kennengelernt hatte. Aber ich wusste, dass auch er sich nur eine gewisse

Zeitspanne zurückhalten konnte. Ich senkte mich, bewegte meine Hüften, bis er mich stupste und leicht über meine Spalte glitt, die jetzt mit Jamisons Sperma bedeckt war. Er brachte sich vor meinem Eingang in Position.

„Nimm mich tief", wies mich Boone an. „Dieses Mal sollte es schön leicht sein. Kein Schmerz und all dieser Samen wird es zu einem glitschigen Ritt machen."

Die Schwerkraft half auch. Als mich die breite Eichel erst einmal geöffnet hatte, sank ich in einem einfachen Rutsch auf ihn. Dieser Winkel war anders. Tiefer und ich spürte, wie er gegen das Ende in mir stieß. Ich beugte mich vor, legte meine Hände auf seine nackten Schultern, um den Winkel zu verändern und den leichten Schmerzensbiss zu lindern.

Boones Hände legten sich auf meine

Hüften und Jamison entfernte sich, beobachtete.

„Fuck, ja. Ich liebe es, dass wir beide ungeschützt sind. Dass ich dich nackt nehme, das Einzige zwischen uns ist Jamisons Samen. Mach dir keine Sorgen, ich werde meinen auch in dich spritzen. Schön voll."

Ich erschauderte bei seinen versauten Worten, den Versprechen in ihnen.

„Erinnerst du dich an den wilden Ritt, den wir dir versprochen haben? Mach es."

Boone hob mich hoch, senkte mich wieder nach unten, ließ mich erleben, wie es sich anfühlte, zeigte mir, was ich tun sollte, aber ich hatte den Dreh schnell raus. Es war nicht Boone, der mich fickte, sondern ich ihn. Ich ritt ihn, benutzte seinen Schwanz für mein Vergnügen. In dieser Stellung konnte ich über meine Klitoris reiben und meine

Hüften kreisen, so dass ich innerhalb von Sekunden kurz vor einem Orgasmus stand.

„Wow. Okay, ähm...sollte ich wieder zum Höhepunkt kommen?", fragte ich, als ob ich mich nicht weiterhin amüsieren sollte.

Boone grinste. „Das tust du verdammt nochmal besser."

Ich konnte nicht anders, als über seine Drohung zu lächeln und ihn mit aller Leidenschaft zu nehmen. Ich keuchte, meine Augen waren geschlossen, meine Haare fielen lang über meinen Rücken, während ich mich in dem Vergnügen verlor. „Ich bin fast da. Ich kann nicht...ich brauche – "

Bevor ich Boone sagen konnte, was ich brauchte, rollte er uns so, dass er oben war und mein Kopf auf seinem Kissen, während er die Führung übernahm. Meine Knöchel greifend hob er sie auf seine Schultern. Fickte mich hart. Er beugte sich nach vorne, so dass ich fast zur Hälfte zusammengefaltet war. Eine Hand glitt über meine Klitoris, dann bewegte sie sich um mich herum zu meinem Hintern und ich spannte mich an, zog mich zusammen. Kam.

„Oh. Mein. Gott!", schrie ich. Diese federleichte Berührung seines Fingers an meinem Hintereingang hatte mich irgendwie zum Höhepunkt getrieben und ich hatte losgelassen. Ich konnte nicht leise bleiben, ich konnte nichts tun, als mich dem hinzugeben, was auch immer Boone mit mir anstellen wollte. Es war mir egal, was es war. Meine Lust war zu weit fortgeschritten, um mich jetzt noch zu schämen, mir Sorgen zu machen oder mich sittsam zu benehmen.

Als ich schließlich wieder zu Atem kam, war ich ein verschwitztes, schlaffes Durcheinander. Boone war immer noch dick und hart in mir, als er sich rauszog.

Ich keuchte wegen der Leere auf, aber er drehte mich nur ein weiteres Mal um. Er war nicht gekommen und schien auch weit davon entfernt, fertig zu sein. „Ergreife das Kopfbrett."

Mit zitternden Händen tat ich, was er verlangte, dann schlang er einen Arm um meine Taille. Ich spürte seine dicke Spitze an meinen Eingang stoßen, kurz bevor er zurück in mich glitt.

„Oh!", schrie ich.

Seine Hände legten sich auf meine und ich fühlte die weichen Haare kitzelnd auf meinem Rücken, während er meinen Hals küsste, an meinem Ohr knabberte. „Jetzt bin ich dran, dich auf einen wilden Ritt zu nehmen."

Und genau das tat er. Er fickte mich, wie es ein Hengst mit einer Stute tut. Hart, tief, Fleisch klatschte auf Fleisch. Verschwitzte Haut klebte aneinander. Stöhnen und Keuchen füllte den Raum.

Zu irgendeinem Zeitpunkt kam ich

wieder, aber ich war zu weit in meiner Lust versunken, um mehr zu tun, als zu wimmern und seinen Schwanz zu packen.

Boone kam...endlich mit einem Schrei und einem tiefen Stoß, sein Schwanz so tief in mich gedrückt, dass ich mir nicht sicher war, wo er endete und ich begann.

Finger lösten meine von dem Kopfbrett und ich wurde auf die weiche Matratze gelegt, Boones Körper presste sich von hinten an mich, sein Schwanz befand sich nach wie vor tief in mir. Ich spürte das sanfte Streicheln seiner Hand, die die Haare aus meinem verschwitzen Gesicht strich.

„Schlaf, Kätzchen. Du wirst es brauchen."

Und das tat ich. Und Boone hatte recht. Ich brauchte es, denn ich erwachte dazu, dass Boone mich fickte, während wir wie zwei Löffel in einer Schublade dalagen, bevor er mich in die Dusche trug, damit Jamison mich einseifen, vor mir auf die Knie fallen und meine Pussy mit seinem Mund säubern konnte. Noch vor der Morgendämmerung rollte mich Jamison auf meinen Rücken und vögelte mich langsam und tief. Danach erinnerte ich mich an nichts anderes als das heiße, glitschige Gefühl ihres Samens, der meine Schenkel benetzte, das leichte Brennen so gut benutzt worden zu sein. Die Berührung ihrer Körper, während sie mich hielten.

9

PENNY

„DAS SIND WAHRSCHEINLICH Kady und ihre Männer", meinte Jamison, als die Türglocke klingelte.

„Was?", kreischte ich.

Wir fläzten auf seinem übergroßen Sofa, mein Kopf lag auf Boones Schoß, meine Füße über Jamisons Schenkeln. Wir sahen uns eine Serie im Satelliten-Fernsehen an und hatten es bis zur zweiten Folge geschafft. Zu sagen, dass ich müde – und ein wenig wund – war, war eine Untertreibung und die Tatsache, dass ich mitten am Tag nur auf einem Sofa rumlag, war der Beweis dafür.

„Jetzt? Hier?" Ich deutete mit der Hand einen Kreis zwischen dem Sofa und dem Wohnzimmertisch an, während ich in Panik geriet. Ich hatte keine Ahnung, was ich tun sollte. Boone grunzte, als ich mich mit meinem Ellbogen von seinem Bauch hochstemmte und Jamison lenkte geradeso einen Tritt meiner Ferse in seine Weichteile ab.

„Sie sind heute Morgen von ihrer Reise zurückgekehrt und zur Ranch gefahren. Riley hat daraufhin bei uns angerufen, weil er sich gewundert hat, wo du warst."

Ich stemmte die Hände in die Hüften, verzog meine Augen zu

Schlitzen. „Warum hast du mir das nicht erzählt?"

Das war meine *Schwester*. Na ja, Halbschwester, aber trotzdem. Ich hatte bis vor ein paar Wochen nicht einmal gewusst, dass sie existierte. Und jetzt klingelte sie an Boones Tür, weil sie mich kennenlernen wollte. Oh. Mein. Gott.

„Weil, Kätzchen", begann Jamison und riss mich aus meinen irrationalen Gedanken, „du und Boone in der Dusche waren und ich in der Küche hören konnte, dass du gerade zum Höhepunkt kamst."

Ich konnte nicht anders, als zu erröten, da ich mich genau daran erinnerte, was Boone getan hatte, als er auf seine Knie gefallen war und meinen Fuß auf die eingebaute Duschbank gestellt hatte. Meine Pussy hatte sich bei seinen sehr gründlichen Zuwendungen zusammengezogen, während er mich säuberte...mit seinem Mund. Es schien, dass beide Männer gerne in der Dusche spielten.

Die Türglocke erklang wieder. Ich ruckte meinen Kopf in Richtung der Eingangstür.

„Was ist, wenn sie mich hasst?" Ich holte tief Luft, stieß sie wieder aus und versuchte, mein verrücktes Herz zu beruhigen. Es sprang mir förmlich aus der Brust. „Oder schlimmer, was wenn sie eine absolute Schlampe ist?" Den letzten Teil flüsterte ich aus Sorge, dass sie mich durch die zwei Zimmer und eine dicke Tür hören könnte.

Beide Männer lächelten und fingen dann an zu lachen, aber als ich sie aus schmalen Augen ansah und ihnen meinen Todesblick zuwarf, unterdrückten sie es.

„Kätzchen, Kady ist keine Schlampe", beteuerte Jamison mit beruhigender Stimme. „Ihr werdet euch gut verstehen…wenn du einfach nur die Tür öffnen würdest."

„Was, etwa so?", fragte ich und hob meine Arme, um darauf hinzuweisen, dass ich nur eines von Boones Flanellhemden und meine Kniestrümpfe trug. Der Saum des Hemdes hing mehrere Zentimeter tiefer als mein Jeansrock aus der vorherigen Nacht und fiel über meine Knie. Ich hatte die Ärmel dreimal umgestülpt. Es war praktisch ein Kleid an mir.

„Ich glaube nicht, dass es sie interessiert, was du anhast."

Ein Hämmern erklang an der Tür, gefolgt von Geschrei. „Boone, öffne diese Tür! Ich weiß, meine Schwester ist da drin. Ich will sie kennenlernen. GENAU. JETZT!"

Mein Mund klappte auf und ich erstarrte. Das war ihre Stimme. Meine Schwester. Sie war sauer.

Boone stand auf und zeigte in die

Richtung des Hämmerns. „Leg dich mit ihr nicht an. Sie hat die dritte Klasse unterrichtet, glaube ich."

„Zweite", korrigierte Jamison ihn. „Obwohl sie hier in Barlow die Mittelschule unterrichtet."

„Diese kleinen Scheißer sind sogar noch schlimmer." Er zwinkerte mir zu und lief zur Tür.

Da erkannte ich, dass er ging, um die Tür zu öffnen, und nicht ich, weshalb ich über den Wohnzimmertisch sprang und lossprintete, wobei ich Boone praktisch aus dem Weg stieß, um vor ihm dort zu sein.

Ich riss die Tür auf, ließ sie gegen den Stopper krachen, während ich dastand und starrte. Und starrte. Ich wusste, da waren zwei Männer hinter ihr. Ich konnte sie sehen, aber ich schenkte ihnen keine Beachtung. Wenn mich ein Richter fragen würde, wie sie aussahen, würde ich nicht in der Lage sein, ihm eine Beschreibung zu geben. Ich war so von meiner Schwester geblendet.

„Du siehst mir überhaupt nicht ähnlich", stellte ich fest, mein Ton war voller Überraschung und Staunen, als ich sie musterte.

Sie war mindestens fünfzehn Zentimeter größer, hatte feuerrote Haare und eine Porzellanhaut. Sie trug ein süßes, grünes Sommerkleid und Sandalen mit Absätzen. Sie war... entzückend.

„Ich wollte immer blonde Haare", erwiderte sie.

Ihre Arme schlangen sich in einer wilden Umarmung um mich, bevor ich es auch nur bemerkte und ich brauchte eine Sekunde, um meine Arme zu heben und sie ebenfalls zu umarmen. Sie roch leicht nach Parfüm, irgendetwas Blumiges oder Zitroniges.

Jetzt nahm ich die zwei Männer

hinter ihr wahr. Einer war riesig. Gewaltig wie ein Football Linebacker. Ich fragte mich, ob er ganze Hühner oder kleine afrikanische Dörfer zum Abendessen verspeiste. Der andere Kerl war genauso hoch, aber war von normaler Statur. Zumindest nach Montana Standard. Die einzigen zwei Männergrößen hier waren Groß und Größer.

Ihre Augen waren direkt auf Kadys Hinterkopf gerichtet und ihre kantigen Gesichtszüge wurden mit irgendetwas wie Ehrfurcht weich. *Liebe.* Das war es. Kady war glücklich, also waren sie auch glücklich.

War Kady glücklich? Sie weinte, ich konnte spüren, wie sich ihr Körper schüttelte.

„Hey", sagte ich, löste mich von ihr und legte meine Hände auf ihre Oberarme, so dass ich ihr in die Augen sehen konnte. „Warum weinst du?"

Ich weinte nicht oft und war auch nicht übermäßig emotional. Vielleicht war es mein Charakter oder vielleicht war es, weil ich gelernt hatte, meine Emotionen zum Schweigen zu bringen, weil ich sonst ein totales Wrack geworden wäre.

Sie lachte und wischte sich mit dem Handrücken über die Augen. „Falls du es nicht sehen kannst, bin ich ein richtiges Mädchen. Das ist einfach, was ich tue."

Ich hatte gedacht, ich wäre immer herausgeputzt, da mich meine Mutter, seitdem ich alt genug gewesen war, um meine Schuhe selbst zu binden, darauf getrimmt hatte, auf mein Erscheinungsbild Wert zu legen. Aber da ich eine Wissenschaftlerin war, besonders eine im Bereich Öl und Gas, wusste ich, wie man sich schmutzig machte, war daran gewöhnt, matschige Jeans und Gummistiefel zu tragen. Und jetzt stand ich nur in einem Hemd und

Kniestrümpfen vor ihr. Ich war in der Dusche nie dazugekommen Conditioner in meine Haare zu machen und es bestand aus vielen kleinen Knoten. Ich sah...gut gefickt aus. Weit davon entfernt, anständig für Besucher gekleidet zu sein.

Aber Kady? Sie hatte hübsche Locken und knallpinken Nagellack auf ihren Zehennägeln.

„Ich habe auf dich gewartet", erklärte sie, schniefte und lächelte. „Gott, ich steckte hier mit einem Haufen Männer in Montana fest."

„Süße, letzte Nacht hast du dich nicht beschwert, als du zwischen *zwei* Männern gesteckt hast", merkte einer von ihnen an.

Kadys Wangen liefen knallrot an, während sie ihre Augen verdrehte. Sie drehte sich um und streckte ihren Arm aus. „Das sind Cord und Riley. Meine Männer."

„Ma'am", sagte der Größere, beäugte meine Aufmachung, aber erwähnte sie nicht.

„Es ist toll, ein Gesicht zu dem ganzen Papierkram zu haben", fügte der Andere mit einem Lächeln hinzu. Riley Townsend. Der Anwalt.

„Lass sie durch die Tür, Kätzchen", murmelte Boone hinter mir.

Ich trat zurück und Boone führte sie ins Wohnzimmer. Jamison schüttelte die Hände der anderen Männer. Er musterte mich, dann Kady. „Boone hat einen neuen Klappwohnwagen. Habt ihr ihn schon gesehen?"

„Ich habe von dem Quad gehört", meinte Cord und rieb sich die Hände.

Boone neigte seinen Kopf. „Ich werde euch beides zeigen und den Damen ein wenig Zeit geben, sich gegenseitig kennenzulernen."

Er zwinkerte, dann führte er die Männer durch die Küche und in die

Garage. Als die Tür hinter ihnen zuknallte, wirbelte Kady zu mir herum und ergriff meine Hände.

„Sprich."

Ich runzelte die Stirn. „Über was speziell?" Wir konnten uns schließlich über unser ganzes Leben austauschen. Wo sollte ich da beginnen?

„Darüber, warum du ein Männer Flanellhemd trägst und nicht viel mehr. Warum du hier mit Boone *und* Jamison bist. Und erzähl mir nicht, ihr hättet Scrabble gespielt."

„Ist es so offensichtlich, dass ich keinen BH trage?"

Sie schüttelte ihren Kopf. „Nur weil ich auch große Möpse habe. Ich bin im Club."

„Ich ziehe mich besser mal an", sagte ich und wandte mich zum Schlafzimmer.

„Ich komme mit dir." Sie lief direkt hinter mir her.

Ich fand meine Klamotten ordentlich gefaltet auf einem Sessel unter dem großen Fenster vor. Das Bett war gemacht worden. Es gab überhaupt keine Anzeichen für irgendeine Art von Sex, gesegnet sei Boones Ordentlichkeitswahn. Es machte den Pseudo Walk-of-Shame ein bisschen einfacher.

„Was soll das Ganze mit dem Scrabble?"

Sie lachte und verschränkte ihre Arme vor der Brust. „Jamison und ich haben mal in einer Nacht Scrabble gespielt. Er ist rücksichtslos. Nur als Vorwarnung."

„Huh." Ich stellte mir vor, wie er ein Brettspiel spielte. Anscheinend hatte ich noch viel über ihn zu lernen. Über beide meine Männer.

„So wie du errötest, würde ich sagen, es war kein Scrabble. Ich will Details", verlangte sie, während sie sich auf die Bettkante setzte.

„Willst du nichts über meine Jahre auf der Mittelschule wissen oder wann ich meine Ohrlöcher habe stechen lassen?", entgegnete ich.

Sie zuckte mit den Achseln. „Später. Ich will zuerst die schlüpfrigen Details."

Ich trug alles ins Badezimmer, legte es auf die Ablagefläche. Ich schloss die Tür nicht, aber hatte beim Umziehen wenigstens etwas Privatsphäre. Ich zog mich aus und meine Unterwäsche an. Meinen Rock. „Ich bin mir sicher, du kannst es erraten. Ich bin in Boones Haus, trage sein Hemd."

„Süße Kniestrümpfe", kommentierte sie, als ich mein eigenes Hemd anzog. „Ich habe mit Cord und Riley an dem Tag geschlafen, an dem wir uns kennengelernt haben."

Meine Finger hielten über den Knöpfen inne. Ich drehte mich und stellte mich bei dieser Bombe in den Türrahmen. „Das hast du?"

Sie schenkte mir ein verschmitztes Lächeln und ihre Wangen färbten sich rot. Sie nickte. „Und mit *Schlafen* meine ich, dass wir wilden Sex auf der Veranda des Haupthauses hatten."

Mein Mund klappte auf, während ich an diese Veranda dachte. An die süße Kady, die es draußen so heiß hergehen ließ. Mit diesen beiden großen Cowboys. Anscheinend hatte Kady eine innere Schlampe und das bedeutete, dass es in Ordnung war, wenn ich mich über meine wunderte. Es war gut, zu wissen, dass es okay war, eine zu haben.

„Oh. Ähm...wow."

Mir fiel nichts anderes ein, was ich hätte sagen können. Ich war äußerst gebildet und sie hatte mich auf einzelne Silben reduziert.

„Und du?" Ihre Augenbrauen hoben

sich und sie starrte mich mit schelmischen, grünen Augen an.

Ich widmete mich wieder den Knöpfen, damit ich sie nicht ansehen musste, während ich antwortete: „Na ja... ähm, ich habe sie vor ein paar Tagen kennengelernt, als ich hier ankam. Da habe ich alle Männer von der Ranch kennengelernt. Nur eine kurze Vorstellung, nicht mehr. Ich habe sie – Jamison und Boone – bis letzte Nacht im Silky Spur nicht wiedergesehen. Ich... ähm, ich verstehe das nicht wirklich. *Uns.* Es ist ein bisschen verrückt. Ich meine, ich hatte Sex mit ihnen, nachdem ich sie nur für ungefähr eine Stunde kannte."

Sie stand auf und wedelte mit der Hand durch die Luft, als wäre es nichts.

„So wie sie dich anschauen?" Sie fächelte sich selbst Luft mit ihrer Hand zu. „Es ist offensichtlich, dass sie dich wirklich wollen. Und ich meine nicht nur für Sex."

Ich hatte nie mit irgendjemandem wirklich über Sex geredet oder darüber, dass ich keinen hatte. Irgendwann war der Punkt erreicht gewesen, dass ich zu alt war, um dieses Gespräch zu führen. Jede Freundin im College hatte zuvor schon Sex gehabt und dafür, dass ich ihnen Fragen stellte, war es ein bisschen zu spät. Und es war ja nicht so, als hätte meine Mutter mit mir über Sex gesprochen. Sie hatte mir nur befohlen, dass ich keine Schande über die Familie bringen sollte. Dass ich in allem, was ich tat, diskret sein müsste.

Ich hatte mit zwei Männern in einer Tankstelle rumgemacht, dann mit ihnen geschlafen – und mit *geschlafen* meinte ich nicht schlafen – und war dann keinesfalls damit diskret gewesen, als ich Boones Tür nur in seinem Hemd geöffnet hatte.

„Ich...ähm, ich habe es noch nie zuvor getan. Letzte Nacht war mein erstes Mal."

Kadys Mund klappte auf, aber dann neigte sie ihren Kopf zur Seite und lächelte mich auf wehmütige Weise an. „Wie süß, dass es mit ihnen war. Ich wette, diese zwei haben sich deswegen wie völlige Alpha-Männer mit dir verhalten."

Ich konnte nicht anders, als zu lachen. „Oh ja."

„Haben sie es gut für dich gemacht?", wollte sie wissen, dann wedelte sie wieder mit ihrer Hand durch die Luft. „Vergiss das. Natürlich haben sie das. Wenn sie meinen Männern ähnlich sind, dann haben sie dich mindestens einmal kommen lassen, bevor sie auch nur in dich eingedrungen sind, richtig?"

Jetzt war ich an der Reihe, zu erröten. Ich hegte keine Absichten, ihr zu erzählen, dass wir keinerlei

Verhütung verwendet hatten, dass sie mich vielleicht geschwängert hatten. Dass ich über die Möglichkeit begeistert war. Ich war nicht bereit, ihr all das zu erklären. Nicht jetzt.

„Geht es dir gut?", fragte sie. „Emotional, meine ich."

„Ja."

„Es war kein One-Night-Stand", verkündete sie, als ob sie das mit Sicherheit wüsste. Ich mochte zwar mit Boone und Jamison geschlafen haben, aber sie kannte sie länger. „Ich bin mir sicher, du machst dir darüber Sorgen, auch wenn sie etwas anderes gesagt haben. Ich habe von deinem Master-Abschluss gehört. Herzlichen Glückwunsch. Das bedeutet, dass du ein kluges Köpfchen bist und du wirst das alles wahrscheinlich bis ins kleinste Fitzelchen analysieren. Ich weiß, dass ich es tat und ich hatte nicht die ganze Jungfrauen-Sache, mit der ich klarkommen musste. Was auch immer sie sagen, glaub ihnen. Sie wollen dich, wollen dich ernsthaft oder du würdest nicht hier sein."

„Sie sagten, dass sie für immer wollten."

Sie biss auf ihre Lippe und Tränen traten ihr in die Augen. „Gott, das ist so süß. Wir versuchen, ein Baby zu bekommen", gab sie zu.

Baby? Mein Handy klingelte in meiner Handtasche. Ich lief zum Stuhl, zog es raus und sah, dass es meine Mutter war. Ich wischte über den Bildschirm, um den Anruf abzulehnen und legte das Handy weg. „Sorry, meine Mutter."

„Du verstehst dich nicht mit ihr?"

„Nein. Dieses Gespräch wird am besten mit einer Flasche Wein serviert. Vielleicht zwei." Ich würde nicht mehr über meine Mutter sagen. Nicht jetzt. Ich war zu überwältigt von allem anderen.

Boone und Jamison. Dass sie ein für immer wollten. Kady kennenlernen. „Also, ein Baby?", fragte ich stattdessen und lenkte das Gespräch wieder auf sie.

Sie stand auf, ging zum Fenster, nickte. Cord fuhr auf Boones Quad durch den großen Garten. „Jungs und ihre Spielzeuge."

Sie blickte Cord auf dieselbe Weise an, wie er sie zuvor angesehen hatte. Sehnsüchtig.

„Du liebst sie."

Sie nickte. „Oh ja. Würdest du mir glauben, wenn ich sagte, dass es mit den beiden Liebe auf den ersten Blick war?"

Mit meinen Augen folgte ich Cord und dem Quad kreuz und quer durch den Garten. Wenn wir dieses Gespräch geführt hätten, bevor ich Jamison und Boone begegnet war, hätte ich wahrscheinlich Ja gesagt, nur damit sie sich gut fühlte. Aber jetzt? Jetzt glaubte ich es zu einhundert Prozent. Was könnte es sonst sein? Die Anziehung, das Begehren, das Verlangen, nur mit ihnen zusammen zu sein, es musste Liebe sein. Ich hatte ihnen meine geheimsten Geheimnisse und Träume erzählt, hatte ihnen meine Jungfräulichkeit geschenkt und hatte mich sogar für so viel mehr als ein gebrochenes Herz empfänglich gemacht. Aber ich wusste es. Ich *wusste*, sie würden mir nicht weh tun. Dumm, würde meine Mutter sagen. Vielleicht war ich dumm. Aber ich war dumm verliebt und ich würde es nicht verderben. Würde nicht davor weglaufen, nur weil es schief gehen könnte, nur weil es unangebracht war, zwei Männer zu wollen.

Ich mochte zwar auf dem Papier eine Vandervelk sein, aber meine DNA schrie Steele.

„Absolut", antwortete ich.

„Das ist der Grund, warum wir

versuchen, ein Baby zu bekommen. Ich will eins. Das wollte ich schon immer. Sie auch, wie es scheint. Na ja, zumindest wollen sie eins mit mir machen." Ihre Hand glitt über ihren flachen Bauch. „Ich bin aufgeregt."

„Aufgrund dessen, was Cord vor der Tür gesagt hat, versucht ihr drei es ziemlich intensiv."

Sie grinste verschmitzt. „Ich habe die Pille genommen, sie aber vor einigen Wochen abgesetzt. Es mag eine Weile dauern, aber sie sind gewillt, sich die größte Mühe zu geben."

Ich dachte an Boone und Jamison und wie sie mich ohne Verhütungsmittel genommen hatten. Sie waren wie zwei Höhlenmenschen gewesen, als sie ihr Sperma aus mir hatten gleiten sehen. Die Vorstellung, dass sie mit mir ein Baby zeugten, hatte sie nur wieder hart werden lassen, was dazu geführt hatte, dass sie mich wieder gefickt und mich mit mehr Sperma gefüllt hatten. Ich war mir nicht sicher, wie ich *nicht* schwanger sein sollte. Wenn Kadys Männer so zeugungskräftig, so aufmerksam waren, war sie wahrscheinlich jetzt schon schwanger. Vielleicht war das der Grund, warum sie so weinerlich war.

„Du hast das Haupthaus jetzt ganz für dich allein, obwohl, wenn deine Männer meinen ähneln, dann wirst du dort nicht allzu oft sein."

Wir hatten noch nicht über die nächsten Schritte gesprochen, nicht mehr als über das für immer. Boone hatte morgen eine Schicht in der Notaufnahme und während die Ranch wahrscheinlich ohne Jamison überleben würde, konnte er sich wegen mir nicht längere Zeit vor seinen Pflichten drücken. Auch wenn ich eine Familie wollte, ein Haus, um das ich mich kümmern würde, glaubte ich nicht, dass die Männer Boones Haus meinten oder sofort damit anzufangen.

„Ich nehme an, dass wir miteinander ausgehen, mehr ruhige Zeiten auf dem Sofa verbringen und Filme anschauen werden. Monate, um uns gegenseitig kennenzulernen. Ich werde nach dem Abendessen wieder zurück im Haupthaus sein. Allein.“

Sie lachte, dann stoppte sie, als ich nicht mit ihr lachte. Stattdessen blickte ich finster drein.

„Es tut mir leid, aber du meinst das ernst, oder?“

Ich realisierte, dass ich mein Hemd noch nicht fertig zugeknöpft hatte und erledigte das, während ich antwortete: „Ja, ich meine das ernst. Ich muss einige Dinge klären.“ Ich deutete auf meine Handtasche. „Meine Mutter wird mich wegen irgendetwas belästigen. Höchstwahrscheinlich wegen dem Entwurf für meine Dissertation oder den

Jobangeboten, von denen sie irgendwie erfahren hat. Ich schwöre, sie hat meine E-Mail verwanzt."

„Ist sie nicht eine Kongressabgeordnete?"

„Jep", bestätigte ich und stopfte mein Hemd in meinen Jeansrock. „Und sie ist nicht begeistert, dass ich hier bin. Aiden Steele ist ihr schmutziges Geheimnis. Je eher ich Montana verlasse, desto besser."

„Was?" Sie packte meine Unterarme. „Du gehst doch nicht, oder?"

„Ich habe nicht die Absicht, irgendwohin zu gehen. Mir gefällt es hier. Ich mag Jamison und Boone. Mir hat *wirklich* gefallen, was wir letzte Nacht getan haben."

Sie wackelte mit ihren roten Augenbrauen und grinste.

Ich lächelte. „Ich muss nur die anderen Dinge klären. Es ist ja nicht so, als hätte ich bereits lange von dem Erbe gewusst.

Sie schenkte mir im Gegenzug ein kleines Lächeln. „Na ja, ich bin froh, dass du hier bist. Ich habe eine Halbschwester, Beth, mit der ich aufgewachsen bin. Sie...sie ist eine Drogenabhängige und in einer geschlossenen Entzugsklinik." Sie seufzte. „Wir werden für dieses Thema etwas noch Stärkeres als Wein benötigen. Was ich dir damit sagen will, ist, dass ich es vermisse, eine Schwester zu haben."

Jetzt fühlte ich mich wehmütig, denn sie war tatsächlich an mir interessiert. „Ich habe auch eine Halbschwester, mit der ich aufgewachsen bin. Evelyn. Sie ist sechs Jahre älter. Ich wurde ins Internat geschickt, als ich elf war – "

„Wie Harry Potter? Ich bin Lehrerin, wie du dich erinnerst, also weiß ich alles über die Reihe."

Ich dachte an die Chapman Academy, an meine Jahre dort. Meine Mutter hatte von der Schule genug für ihr Geld bekommen, aber ich hatte mehr erhalten als eine hervorragende Schulbildung. Ich hatte gelernt, wie wenig ich doch gewollt wurde. Ich war wie das schicke Silber gewesen, das man bei besonderen Gelegenheiten herauszog und dann wieder wegpackte, sobald der Bedarf nach mir vorbei war. „Unglücklicherweise gab es keine fliegenden Besen. Evelyn und ich standen uns nie nahe. Sie ist jetzt eine Anwältin in North Carolina. Also ja, ich bin auch froh, dass ich hier bin. Mit dir."

Sie warf ihren Arm über meine Schultern und wir sahen aus dem Fenster. Boone, Jamison und Riley standen zusammen und redeten, ganz und gar männlich und ein wahrer Augenschmaus. Der laute Motor des

Quads ertönte zuerst, dann flog Cord auf dem Geländefahrzeug vorbei.

„Sie haben mehr Testosteron als gut für sie ist", seufzte sie.

„Das ist nicht das, was du letzte Nacht gesagt hast", neckte ich sie.

Sie kicherte. „Ich wette, du auch nicht."

10

JAMISON

ICH STOPPTE den Truck vor dem Haupthaus, aber schaltete den Motor nicht aus. Die Fenster waren geöffnet, denn die Temperatur am frühen Abend war perfekt. Ich hasste es, das gute Wetter an die Klimaanlage meines Trucks zu verschwenden. Schon bald würde es wieder schneien. Das Wetter in Montana war flatterhaft.

„Wirst du mit mir in meiner Hütte bleiben?"

„Du bittest mich darum?", fragte Kätzchen und blickte durch diese langen, hellen Wimpern zu mir hoch.

Boone war nicht allzu glücklich gewesen, als wir gegangen waren, aber er begann seine Schicht in der Notaufnahme um sieben, also brauchte er eine Nacht guten Schlafs und nicht eine Versuchung wie unser Kätzchen in seinem Bett. Auf keinen Fall würde er irgendeinen Schlaf bekommen, wenn sie dort wäre. Genau wie in der Nacht zuvor. Wir hatten kaum geschlafen.

Deswegen war ich erschöpft, dennoch war mein Schwanz wieder hart. Nein, immer noch. Allein der Gedanke, was wir getan hatten, wie sie sich angefühlt, geschmeckt, geschrien, sich zusammengezogen, gebettelt...gefickt hatte, führte dazu.

Ich würde niemals ihren Gesichtsausdruck, als ich sie zum allerersten Mal gefüllt hatte, vergessen.

„Das tue ich. Wir haben dich letzte Nacht für uns beansprucht, Kätzchen. Du bist jetzt die Unsere. Meine und Boones, aber das bedeutet nicht, dass wir dich herumkommandieren werden. Wenn du im Haupthaus bleiben möchtest, dann werde ich das respektieren."

„Aber du wirst es nicht mögen."

Ich schüttelte meinen Kopf. „Nein, das werde ich nicht. Nachdem was Kady hier passiert ist, gefällt mir die Vorstellung, dass du hier oben ganz allein bist, nicht, auch wenn dieses Arsc–, der Mann tot ist."

„Jemand hat versucht sie umzubringen."

„Das stimmt."

„Aber ich habe doch auch die letzten Nächte dort geschlafen."

„Aber da warst du noch nicht die Unsere."

Sutton hatte das Arschloch getötet, ein einziger, perfekter Schuss ins Herz. Aber das war erst geschehen, nachdem der Eindringling in dem Versuch, Kady zu finden, im Dunkeln herumgestolpert war. Wir waren rechtzeitig dort hingekommen, um sie zu retten, obwohl sie selbst ziemlich gute Arbeit geleistet hatte, indem sie sich auf dem Verandadach versteckt hatte. Seitdem fragte ich mich, ob das Arschloch sie gefunden hätte. Es war eine mondlose, dunkle Nacht gewesen und sie hatte sich an die Ecke eines der Kamine gedrängt.

Der Gedanke an Kätzchen, wie sie sich auf dem Dach zusammenkauerte, starr vor Angst, ließ meinen Schwanz schrumpfen. Ich würde ihre Entscheidung respektieren, aber das bedeutete nicht, dass ich nicht bei ihr bleiben würde, ein Gewehr in meinem Schoß, während ich sie beim Schlafen beobachtete. Ich war ein Polizist gewesen, war vertraut mit den gesellschaftlichen Abgründen. Ich hatte Scheiße gesehen, die ich nie vergessen würde. Und ich wollte, dass nichts davon mit Kätzchen in Berührung kam.

Ihr Handy klingelte in ihrer Tasche. Sie zog es heraus, seufzte. „Es ist meine Mutter. Das ist das dritte Mal, dass sie mich heute anruft."

Sie sah nicht glücklich über den Anruf ihrer Mom aus. Ich sprach zweimal die Woche mit meinen Eltern, weil, na ja, ich mochte sie. Ich liebte sie natürlich auch, aber ich genoss es, mit ihnen zu reden, von ihrem Leben zu hören. Es war offensichtlich, dass Kätzchen nicht so eine Beziehung mit ihrer Mutter hatte. Ich hasste das für sie, denn ihr entging dadurch etwas.

Ich hob mein Kinn. „Geh dran."

„Aber – "

„Sie wird nicht aufhören. Und wenn ich dich später ins Bett bekomme, werde ich das auch nicht."

Ihr Mund klappte auf und ihre Wangen nahmen einen hübschen Pinkton an. Ich konnte nicht anders, als ihr zuzuzwinkern und diese ihr anhaftende Unschuld zu genießen.

Sie nahm den Anruf entgegen, hielt das Handy an ihr Ohr.

„Hallo, Mutter."

Ich wollte bei diesem Anruf mithören, nicht um zu lauschen, sondern um die Dynamik zwischen Mutter und Tochter zu sehen. Um herauszufinden, wie Kätzchen davon beeinflusst wurde. Nach dem zu schließen, was sie uns in der vergangenen Nacht erzählt hatte, mochte sie die Kongressabgeordnete Vandervelk nicht sehr. Ich kannte die

Frau nur von ihrer politischen Karriere her und ich hatte sie Online nachgeschaut, war ihr Programm durchgegangen, ihre Haltung zu wichtigen Themen. Auch wenn ich sie wahrscheinlich nicht gewählt hätte, so hatte sie doch eine beeindruckende Erfolgsgeschichte. Im Kongress. Mit ihrer Tochter? Nicht so sehr.

Ich konnte die Stimme der Frau hören, aber die einzelnen Worte nicht verstehen.

„Ja, ich bin immer noch in Montana. Ja, der Entwurf macht Fortschritte."

Sie hatte erwähnt, dass sie den Entwurf ihrer Dissertation bald ihrem Betreuer vorlegen musste. Aber aufgrund dessen, wie ihr Körper angespannt war, sprach sie nicht die Wahrheit, denn sie hegte keinerlei Absichten, das Studium fortzusetzen. Es gefiel ihr nicht, ihre Mutter zu belügen, aber sie musste der Frau noch immer ihre Meinung sagen. Nach dem zu urteilen, was sie erzählt hatte, war der Einsatz hoch.

Wenn ihre Familie ihr ihre Unterstützung untersagen und sie verstoßen würde, wäre sie trotzdem nicht allein. Wir wollten ein für immer mit Kätzchen. Zur Hölle, wir hätten sie sonst nicht gefickt. Sie ohne Schutz genommen. Und als wir herausgefunden hatten, dass sie Jungfrau war...*fuck*. Ihre Pussy war nur von unseren Schwänzen benutzt geworden. Hatte sich an uns angepasst. Niemand sonst würde ihren heißen, feuchten Griff kennen. Sein Sperma aus ihr tropfen sehen, wissen, dass er sie bis zum Anschlag gefüllt hatte. Sie sehr wahrscheinlich mit einem Baby gefüllt hatte. Fuck nein. Nur ich und Boone.

„Borstar? Ja, ich habe E-Mails von ihnen erhalten. Einen Anruf auch. Ja." Es entstand eine Pause, in der sie zuhörte. „Ja, die Jobbeschreibung ist beeindruckend. Der Lohn auch. Ja. Warum? Weil ich nicht für eine Öl- und Gasfirma arbeiten möchte."

Da konnte ich ihre Mutter reden hören, ihre Stimme wurde lauter. Kätzchen hielt das Telefon von ihrem Ohr weg, drehte sich, sah zu mir und formte ein lautloses „Sorry" mit den Lippen.

Ich konnte nicht viel mehr tun, als ihr zuzuzwinkern. Diese Schlacht musste sie kämpfen. Obwohl ich ihr das Handy aus der Hand reißen und ihrer Mutter die Meinung geigen wollte, würde das diesen Mist nicht beenden.

Ich würde für sie da sein, Boone auch, auf eine Weise, die sie brauchte, aber sie musste selbst die Entscheidung treffen, ihre Verbindungen zu kappen. Wegzulaufen. Ihr eigenes Leben so zu leben, wie sie es wollte. Letzte Nacht, mit uns, war der erste Schritt gewesen. Wir würden den nächsten und dann den danach gemeinsam gehen.

„Mutter, ich muss Schluss machen. Nein, ich werde die Firma nicht zurückrufen. Ich bin nicht interessiert. Auf Wiedersehen, Mutter."

Die gedämpfte Stimme ihrer Mutter fuhr fort zu schimpfen, bis Kätzchen den Anruf beendete.

Sie legte ihren Kopf zurück und schloss die Augen. „Entschuldige das bitte."

„Du kannst deine Mutter nicht ändern."

Sie wandte ihren Kopf und sah mich an. Lächelte. „Ich kann allerdings meinen Vater ändern."

„Sehr wahr. Und sieh nur, was das bewirkt hat. Du bist hier in Montana, erobert von zwei Männern und du hast deiner Mutter erzählt, dass du die Jobangebote abgelehnt hast. Ich würde sagen, das ist ein guter Anfang."

„Und deine Mom? Ist sie seine machtgierige Kongressfrau?"

Ich fuhr mir mit der Hand über den Nacken. „Meine Mom lebt mit meinem Dad in einem Strandhaus in Alabama. Nachdem sie in Rente gegangen waren, haben sie das kalte Montana im Winter hinter sich gelassen und sind in den Süden gefahren. Aber dann haben sie irgendwann beschlossen, das ganze Jahr im Süden zu bleiben. Als ich aufwuchs, war ihr Job, sich um mich und meine drei Brüder zu kümmern. Jetzt ist ihr Job, nicht den Verstand zu verlieren, während sie mit meinem Vater zusammenlebt." Ich lächelte, als ich an die liebevolle Beziehung meiner Eltern dachte. „Meinem Vater gefällt es in den Einkaufsladen mitzukommen, alles anzuschauen, mit den Leuten zu reden. Meiner Mutter gefällt es, zu besorgen, was auf ihrer Liste steht. Reingehen, rausgehen. Er macht sie verrückt. Ich warte auf den Anruf, dass ich sie auf Kaution aus dem Gefängnis holen muss."

Kätzchen lächelte über meine Geschichte. „Das klingt schön. Normal. Obwohl jede Frau, die vier Jungs hatte, eine Medaille vom Kongress erhalten sollte. Hmm, vielleicht kann ich meine Mom dazu bringen, ihr eine zu geben."

Ich schwieg für einen Moment, ließ sie darüber nachdenken. Ich konnte mir keine Mütter vorstellen, die gegenteiliger waren als unsere.

„Dir wurde ein Job angeboten?" Ich ließ die Frage durch das Fahrerhaus des Trucks hallen, obwohl ich die Antwort kannte.

„Ich habe euch gestern erzählt, dass sie mich kontaktiert haben. E-Mails von mehreren Firmen, aber eine Firma ist hartnäckiger als die Anderen. Ich schätze, sie wollen wirklich, dass ich bei ihnen arbeite."

„Das muss sich gut anfühlen, zu wissen, dass sich all deine harte Arbeit ausgezahlt hat."

Sie zuckte mit den Achseln. „Ich will den Job nicht und habe ihn abgelehnt. Ich bin froh, dass ich meinen Abschluss gemacht habe, aber ich bin nicht mehr daran interessiert. Es ist nicht das, was ich will."

„Okay." Ich nickte und beendete das Gespräch, zumindest für jetzt. Nichts daran würde sich über Nacht ändern. „Also wirst du bei mir übernachten?"

Sie warf einen Blick zum Haus. „Ja, aber ich muss eine Tasche packen. Ich brauche etwas anderes als dieses Outfit."

Ich blickte an ihr hoch und runter, aber ich sah den Jeansrock und das Hemd, das sie wieder angezogen hatte, nicht. Ich sah ihre helle Haut, die Kurven ihrer breiten Hüften, die weichen Wölbungen ihrer vollen Brüste, während sie sich auf Boones Decken geräkelt hatte. Jeden entblößten Zentimeter von ihr.

„Pack alles ein, Kätzchen. Du wirst in meinem oder Boones Bett sein, bis wir entscheiden, wo wir alle gemeinsam leben sollten."

Ihre großen Augen begegneten meinen. „Du...ich meine, ich dachte...du willst mit mir zusammenleben?"

„Fang jetzt nicht damit an, dass wir uns erst kennengelernt haben."

Sie presste ihre Lippen zusammen.

„Ich dachte, wir hätten das überwunden."

Sie streckte ihre Hand aus, ergriff meine und verflocht ihre Finger mit meinen. „Das haben wir. Es ist nur...ich bin nicht daran gewöhnt, dass jemand oder zwei Jemands mich wollen. Ich bin nicht daran gewöhnt."

Ich ruckte an ihrer Hand und zog sie für einen Kuss an mich. „Gewöhn dich daran. Schnell. Wie wir gesagt haben, hätten wir dich nicht entjungfert, wenn wir es nicht für die Ewigkeit gemeint hätten."

Sie wurde so rot wie eine Tomate und starrte auf die Knöpfe an meinem Hemd. „Du hattest schon andere Frauen vor mir."

Das war ein gefährliches Thema und ich musste vorsichtig vorgehen. Ich verstand den Unterschied zwischen Kätzchen und den Frauen, mit denen ich in der Vergangenheit zusammen gewesen war. Ich hatte zwanzig Jahre lang gefickt. Aber es war nie mit Kätzchen gewesen. Es hatte nichts bedeutet. Ein schneller Orgasmus. Aber ich musste sicherstellen, dass sie das verstand.

„Ja, das habe ich", gab ich zu. „Aber ich habe nicht einmal ohne ein Kondom gevögelt. Sie mögen zwar Zugang zu meinem Schwanz gehabt haben, aber nicht einmal hat eine Frau mein Herz bekommen. Bis du kamst."

Ihre vollen Lippen teilten sich. „Jamison", flüsterte sie, „was wir gemacht haben, war nicht Liebe machen. Es war – "

„Wild?"

„Ja."

„Schmutzig?"

„Ja."

„Wirklich verdammt unartig."

Da erstarrte sie. Ihr Gesichtsausdruck entgleiste und sie versteifte sich.

„Was? Was ist los?", fragte ich, da ich erkannte, dass sich die Dinge verändert hatten, dass etwas nicht stimmte. Ich blickte aus dem Fenster, um zu sehen, ob sie etwas entdeckt hatte.

„Ich...ich mag dieses Wort nicht. Unartig. Ich habe mich nicht schlecht verhalten."

Scheiße. *Scheiße*. Es war ein Trigger

für sie. *Unartig*. Natürlich würde es das sein. Sie hatte so verzweifelt versucht, von ihrer Familie geliebt zu werden, dass sie wahrscheinlich kein einziges Mal in ihrem Leben etwas Falsches getan hatte, damit sie ihr ein Fitzelchen Lob gaben. Und dennoch hatten sie sie stattdessen höchstwahrscheinlich beschämt. Sie ins Internat geschickt, weil sie einfach nicht gut genug gewesen war. Sie war nicht wie ihre Stiefbrüder und Stiefschwester und deswegen glaubte sie, dass sie etwas falsch gemacht hatte.

Ich stöhnte und wünschte mir, ich könnte ihre Wunde heilen. „Nein, du hast dich nicht schlecht verhalten. Du hast nichts Falsches gemacht. Du warst perfekt. Du wirst immer perfekt sein, selbst wenn wir streiten. Nichts wird ändern, wie sehr Boone und ich dich wollen. Nie." Ich sprach mit gleichmäßiger, weicher Stimme. Sanft. Ich zog sie nah an mich, küsste sie sanft, nur eine zarte Berührung der Lippen. „Du bist so ein gutes Mädchen."

Sie seufzte, ihr warmer Atem vermischte sich mit meinem.

„Wenn wir uns berühren, ist es nicht nur Lust. Ich fühle so leidenschaftlich für dich wie du für mich. Ich will dich, deinen Körper. Mein Körper will deinen. Aber mein Verstand, mein Herz will dich auch. Alles von dir. Ich empfinde eine verzweifelte Leidenschaft für *dich*."

Sie blickte zu mir und ich sah, dass sie über meine Worte nachdachte. Das Aufflackern von Hoffnung, Überraschung.

„Das ist, was dich so besonders macht."

Sie nickte. „Ja, ich verstehe. Ich empfinde auch Leidenschaft für euch beide. Zum ersten Mal weiß ich genau, was ich will."

„Das stimmt. Und Sex? Ist die Art, in der wir uns gegenseitig zeigen, wie sehr."

Da grinste ich, glitt mit meinem Daumen über ihre Wange. „Und wir haben gerade erst angefangen. Wir haben bisher nicht all die möglichen Arten zu ficken ausprobiert. Noch nicht. Weißt du, was ich mit dir tun möchte?"

„Ja", hauchte sie.

Sie war wieder bei mir. Wieder erregt. Interessiert. Ich wusste jetzt, dieses Wort zu vermeiden und ich würde es auf jeden Fall Boone erzählen.

„Ich will dich in der Missionarsstellung schön langsam mit meinem Schwanz füllen, so dass ich deine Augen beobachten kann, bevor ich dich mit meinem Samen fülle."

Sie schenkte mir ein kaum hörbares Wimmern.

„Ich werde dir das geben", murmelte ich sanft. „Ich werde dir alles geben, was du jemals möchtest."

Ich sah, wie sie errötete, ihre Augen aufblitzten.

„Oh, Kätzchen, du hast da schon etwas im Kopf, nicht wahr?"

Sie leckte ihre Lippen, nickte.

Ich stöhnte.

„Gutes Mädchen." Ich schaltete den Truck ab. „Lass uns dein Zeug holen, dann werden wir zurück zur Hütte gehen und du kannst es mir zeigen."

Ich hatte das Gefühl, mit Kätzchen zusammen zu sein, würde eine wilde Nacht werden. Und Boone? Er würde es verpassen, aber er würde bald an der Reihe sein. Kätzchen konnte so oft einen Schwanz haben, wie sie wollte.

„Nein, jetzt. Hier." Ihre kleinen Hände drückten mich zurück und flogen zu meinem Gürtel.

11

JAMISON

„HIER?"

„Ich bin keine Jungfrau mehr."

Ich stoppte ihre Hände, aber entfernte sie nicht. Ich konnte deren Hitze durch meine Jeans spüren und es bestand die Chance, dass ich hier und jetzt kommen würde. „Du musst wund sein."

Sie schüttelte ihren Kopf und biss sich auf ihre Lippe, während sie ihre Hände wegzog und sich stattdessen am Reißverschluss zu schaffen machte.

„Vorsicht, Kätzchen." Ich bewegte meine Hände aus dem Weg und ließ sie tun, was sie wollte. Aber ich wollte Boone nicht in der Notaufnahme besuchen, weil ich eine verdammte Reißverschluss-Verletzung hatte. Ich würde viel lieber bis zu meinen Eiern in meiner sehr eifrigen Frau stecken.

Als die Jeans erst mal geöffnet war, hielt sie inne. „Ähm, ich dachte, er würde rausspringen."

Ich lachte, aber teilweise war es auch ein Stöhnen. Sie beäugte meine Leistengegend, als ob sie nichts gegessen hätte und mein Schwanz ihre erste Mahlzeit seit einer Woche wäre. Ich hob meine Hüften und zog meine Jeans so weit nach unten, dass er heraussprang.

„Oh", hauchte sie atemlos vor Überraschung.

„Ich bin groß und er liegt entlang meines Schenkels", erklärte ich ihr.

Ihr Blick flackerte für eine Sekunde zu mir, dann wieder zurück auf meinen Schoß. „Kann ich...meinen Mund darauflegen?"

Lusttropfen quollen aus der Spitze, ein Tropfen glitt über die erhitzte Eichel.

„Fuck, ja."

Sie öffnete ihren Sicherheitsgurt, zog ihre Beine unter sich, so dass sie auf ihrem Sitz kniete und beugte sich über die Mittelkonsole. Mir entging nicht, wie ihr süßer Hintern in die Luft ragte und ihr Jeansrock nach oben rutschte. Meine Hand ausstreckend legte ich sie auf die Rückseite ihres seidigen Schenkels und glitt daran hoch, nur um sie nackt vorzufinden. Kein Höschen. Ich schloss meine Augen, drückte meinen Kopf gegen die Kopfstütze, wusste, dass der kleine Seidenfetzen nach wie vor in meiner Hemdtasche steckte.

Ihre Zunge kam heraus und ich beobachtete, wie sie den Lusttropfen aufleckte, dann ihre Lippen leckte. Der Anblick, wie sie von meinem Schoß zu mir hochsah, ließ einen weiteren Strom austreten. „Reiz mich nicht, Kätzchen."

Sie lächelte selbstzufrieden wie ein Kätzchen, dass das Sahneschälchen gefunden hatte. Vielleicht hatte sie das auch. Aber ich wollte, dass sie alles bekam.

„Nimm mich in deinen jungfräulichen Mund. Zeig mir, was du tun kannst."

Sie tat, wie angewiesen, öffnete ihn schön weit und nahm die gesamte Eichel in dieser feuchten Hitze auf, ihre Zunge wirbelte darüber, als ob sie eine verdammte Eiscreme lecken würde.

Ich stöhnte, beobachtete, wie sie

mich nahm. Es war der erotischste Anblick, den ich je gesehen hatte.

„Umfass den Ansatz. Gutes Mädchen ja genauso. Jetzt nimm ihn so tief, wie du kannst."

Sie fand schnell ihren Würgreflex und zog sich zurück. Ich war nicht die Art Mistkerl, der eine Frau dazu zwang, einen Schwanz zu schlucken. Allein das enge Saugen, als sie ihre Wangen einsog und mich mit einem Eifer bearbeitete, den ich liebenswert und verdammt heiß fand, war genug, dass sich meine Eier zusammenzogen.

Ich glitt mit der Hand nach oben und umfasste ihre Pussy von hinten. Sie stöhnte und die Vibrationen um meinen Schwanz, brachten mich zum Stöhnen. „Meine Güte, Kätzchen. Du bist feucht." Ich schob vorsichtig einen Finger in sie. „Und ich kann unseren Samen schön tief in dir fühlen."

Die Vorstellung, dass sie immer noch

voll war, der Beweis, dass wir die ganze Nacht mit ihr zu Gange waren – und Boone heute Morgen – ließ mich so verdammt besitzergreifend fühlen. Sie stöhnte wieder, weil ich die kleine Erhebung ihres G-Punktes gefunden und meinen Finger darüber gekrümmt hatte und ich spürte die Vibrationen bis zu meinen Eiern. Ihre Erregung machte mich wild. Unersättlich. Sie wirbelte ihre Zunge über die Spitze, leckte die nächste Ladung Lusttropfen auf, die ich gerade in ihren Mund gespritzt hatte.

„Das ist es. Ich kann von diesen süßen Lippen nicht mehr aushalten." Ich packte ihre Schultern und hob sie vorsichtig von mir. Ihre Augen wirkten verschwommen, als sie zu mir aufsah.

„Warum hast du aufgehört? Willst du nicht in meinem Mund kommen?"

Mit einer Hand drückte ich auf den Knopf an meinem Sitz, so dass sich die Rückenlehne nach hinten neigte. Die andere strich über ihre Unterlippe. „Fuck ja. Aber all unser Samen geht in deine Pussy."

Als der Sitzt flach war, hob ich sie in meine Arme und auf meinen Schoß, wodurch ihre Knie auf jeder Seite meiner Hüften lagen und ihr Rock um ihre Taille gerafft war. Ich rutschte nach hinten, damit sie mehr Bewegungsraum hatte, da das Lenkrad hinter ihr war.

Gott sei Dank war sie winzig und sie passte dazwischen. Sie stieß sich nicht einmal den Kopf an.

Mein Schwanz erhob sich zwischen uns und sie starrte auf ihn hinab, sah, wie feucht er von ihrem Mund war.

„Er gehört ganz und gar dir, Kätzchen."

Sie begegnete meinem Blick und biss sich auf die Lippe, bewegte ihre Hüften. Dann schob sie ihre Haare hinter die Ohren, blickte aus dem Fenster, als ob sie erst realisierte, dass wir in meinem

Truck waren und wir gesehen werden würden, wenn jemand an uns vorbeifuhr. Es war mir scheißegal. Natürlich war ich besitzergreifend bei Kätzchen, aber es stand außer Frage, dass sie von einem ihrer Männer gut gefickt und gut befriedigt werden würde und dass die Anderen, auch wenn Kätzchen absolut hinreißend war, wenn sie kam, nichts anderes tun konnten, als verdammt eifersüchtig zu sein.

Kätzchen war die *Meine*.

Ich ballte meine Fäuste, um mich davon abzuhalten, sie hoch zu heben und sie direkt auf meinen Schwanz zu setzen, um das zu beweisen. Gott sei Dank erhob sie sich auf ihre Knie, so dass sie über mir schwebte, dann wackelte, schwenkte und bewegte sie ihre Hüften und senkte sich auf mich.

Ich hatte meine Augen direkt auf ihre Pussy gerichtet und darauf, wie mein Schwanz in ihr verschwand. Sie war heiß und so verdammt eng. Auch wenn ich keinerlei Zweifel daran hegte, dass sie von allein feucht genug wäre, half es doch mein Eindringen zu erleichtern, dass unser Sperma bereits in ihr war, vor allem, da sie wund sein musste. Wir waren nicht grob mit ihr gewesen, aber eine unbenutzte Pussy brauchte ein wenig zärtliche Liebe und das war das hier keinesfalls. Später, wenn ich sie in meinem Bett hatte, würde ich auf jeden Fall meinen Mund auf sie legen, um es besser zu machen.

PENNY

Eine meiner Hände packte die Kopfstütze des Beifahrersitzes, die andere den Rand des offenen Fensters, um mich selbst zu stabilisieren, während ich Jamison wie ein Cowgirl ritt. Ich hatte sogar meine Stiefel an. Letzte

Nacht auf dem Rücksitz von Boones Truck hatte Jamison gesagt, dass ich ihre Schwänze auf einen Ritt nehmen würde. Ich glaubte nicht, dass er es auf diese Weise gemeint hatte, wo uns die ganze Welt möglicherweise sehen könnte. Vielleicht nicht die ganze Welt, nur die Rancharbeiter. Vielleicht Mrs. Potts, die Haushälterin.

Ich war einfach zu erregt, um zu warten. Warum sollte ich auch? Jamison hatte mir mehr oder weniger eine wilde Nacht versprochen und sie hatten ihr Wort definitiv gehalten, aber sie hatten mich auch unersättlich gemacht. Bedürftig. Gierig auf einen Schwanz.

Ein ganzer Haufen von einem Mann verursachte – nein, von *Männern* verursachte – Orgasmen konnten im Gehirn einer Frau einen Kurzschluss auslösen.

Er hatte nicht gelacht. Nein. Er hatte nur seine Hände aus dem Weg bewegt und mir erlaubt, seine Hose zu öffnen und ihn dann in meinen Mund zu nehmen. Ich hatte mich mächtig gefühlt, weil ich ihn hart gemacht, die Spitze zum Tröpfeln gebracht hatte. Ihn die Kontrolle hatte verlieren lassen. Ich. Mein jungfräuliches Ich.

Und ich war so, weil Jamison recht hatte. Ich empfand Leidenschaft für ihn. Für Boone auch. Sie waren etwas, das ich von ganzem Herzen wollte und das machte den ganzen Unterschied. Sie hatten mir bewusst gemacht, dass ich bis jetzt einfach nur so vor mich hingelebt hatte. Endlich wusste ich, was ich wollte und ich würde es mir nehmen. Und das war Jamisons Schwanz. Ich wollte ihn. Wollte diese unbändige Leidenschaft mit ihm teilen. Ich brauchte diese Verbindung, dieses Band.

Und es war nicht *unartig*. Ich war nicht unartig, weil ich mir nahm, was ich wollte, denn es war...richtig so.

Ich hatte ihn so verrückt gemacht, dass er mich über die Mittelkonsole und auf seinen Schoß gezogen hatte. Mit zusammengebissenen Zähnen erklärte er mir, dass ich mit ihm machen sollte, was ich wollte. Mit diesem fantastischen Cowboy mit all seinen Muskeln und starken Händen. Kräftigen Schenkeln, dickem Schwanz. Dieser Mann, der mich überwältigen, mich verletzen, mich zerstören könnte, lag wartend da, damit ich mir von ihm nahm, was ich wollte.

Also machte ich von diesem Angebot mehr als gerne Gebrauch.

Als ich mich auf ihn senkte, spürte ich zuerst das Brennen, den Schmerz wieder gefüllt zu sein, dann wackelte ich mit den Hüften, um ihn aufzunehmen. Der Schmerz wurde schnell, nein sofort, durch Vergnügen ersetzt. Irgendwie traf Jamison jede erogene Zone in mir und ich stand kurz vorm Höhepunkt.

Ich war bereits zuvor nah dran

gewesen, da mich die zwei den ganzen Tag lang konstant erregt hatten mit ihren Berührungen, ihren Worten, ihren verdammten Versprechen darüber, was sie mit mir tun würden, dass ich mir in Gedanken gesagt hatte „Scheiß drauf" und über Jamison hergefallen war.

Ich lachte und ließ meinen Kopf zurückfallen, während ich die Dicke von Jamison tief in mir genoss und dass ich mir von ihm nehmen konnte, was ich wollte. Mit ihm zusammen zu sein, mag für manche vielleicht unterdrückend wirken. Er und Boone, beide waren dominante Männer. Aber ich fühlte das Gegenteil. Ich fühlte mich ausnahmsweise einmal in meinem Leben frei. Sie akzeptierten mich so wie ich war und auf Grundlage dessen, wie ihre Schwänze immer hart waren, wollten sie mich auch. Jamison gab mir in diesem Moment den Raum, um mein eigenes Verlangen zu erkunden und von ihnen zu lernen. Ihn sogar zu *benutzen*.

Ich zog mich um ihn herum zusammen, spürte das Aufflackern der Hitze und wie der Schweiß wegen dieser einfachen Bewegung auf meiner Haut ausbrach. Er war *richtig* tief in mir. Dieser Winkel ließ ihn an meine Gebärmutter stoßen und ich wusste, dass ich ihn vollständig aufgenommen hatte – vor allem da ich auf seinen Schenkeln saß. Seine Hände packten meine Hüften fester, aber er bewegte sie nicht.

„Kätzchen", warnte er, der Klang heiser. Seine grauen Augen hielten meine, eine leichte Warnung lag in ihnen. Vor was wusste ich nicht.

Ich grinste verschmitzt. „Was?"

Da hoben sich seine Hände, nicht um mich zu bewegen, sondern um die Vorderseite meines Hemdes zu packen und es aufzureißen. Die Knöpfe hatten seiner Kraft nichts entgegenzusetzen und flogen durch die Luft. Seine Augen funkelten beim Anblick meiner Brüste in dem Spitzen-BH.

„Reite mich. Ich will sehen, wie diese fantastischen Brüste hüpfen, während du dich auf meinem Schwanz selbst zum Orgasmus bringst."

Ich spürte, wie ich bei seinen schmutzigen Worten feuchter wurde und beschloss, Gnade mit ihm, mit uns beiden, zu haben und begann mich zu bewegen. Hoch, runter, ein Kreisen meiner Hüften. Wieder und wieder bis ich spürte, dass ich nah am Höhepunkt war. Ich ritt mit ihm auf das Vergnügen zu, nahm ihn schneller und schneller. Meine Schenkel würden von diesem Workout später Muskelkater haben, aber das war so was von...später.

„Jamison. Gott, ich werde...oh, ja. Das ist so gut."

Ich war so verloren in dem

Verlangen zu kommen, dass mir entgangen war, dass sich seine Hände bewegt hatten. Ein Finger drückte in einem glitschigen Kreis gegen meinen Hintereingang. Seine andere Hand umfasste meine Brust und zwickte den harten Nippel durch meinen BH hindurch.

„Jamison!" Meine Augen öffneten sich und ich blickte in seine schmalen Augen. Sah, wie sich sein Kiefer zusammenpresste, seine Wangen gerötet waren.

„Gefällt dir das?"

Tat es das? Ich hatte keine Ahnung, dass es so viele Nervenenden gab...dort, dass es sich so anfühlen würde. So. Gut.

„Fuck ja", schrie ich. Ich konnte nicht anders, als ihn zu umklammern und zu packen, während mein Verstand den Kampf aufgab und meinen Körper übernehmen ließ.

Er zog sich zurück, packte meine Hüften und hob mich von sich.

„Wa–"

„Dreh dich um."

Ich bewegte meine Beine so über seiner Taille, was in dem kleinen Raum schwierig war, dass ich schließlich rittlings auf ihm saß und von ihm wegschaute. Als ob ich den Truck fahren würde. Meine Hände legten sich auf das Lenkrad. Jamison glitt mit dem Daumen über meine Pussy, drückte ihn nach innen, bevor er ihn wieder herauszog und mich nach unten auf seinen Schwanz setzte. Aus dieser Richtung traf er wieder völlig andere Stellen in mir. Ich wimmerte, froh darüber, dass er wieder in mir war.

„Du bist gekommen, als mein Finger gegen deinen Hintern drückte. Zeit für mehr."

Seine Handfläche legte sich flach auf das Ende meiner Wirbelsäule, kurz bevor sein glitschiger Daumen gegen meinen Hintereingang drückte und hineinglitt. Durch den Winkel und die Feuchtigkeit, rutschte er sofort nach innen.

Ich stöhnte bei dieser Dehnung, dem leichten Brennen.

„Fühlst du dich voll?", fragte er mit rauer Stimme.

Ich nickte, blickte über meine Schulter zu ihm.

„Fick mich, Kätzchen. Fick den Samen aus mir raus und du wirst sehen, wie es sein wird, wenn wir beide in dir sind, einer von uns in deinem Hintern, der Andere in deiner Pussy."

Ich konnte es mir vorstellen, mich zwischen meinen beiden Liebhabern. Die Vorstellung war nicht angsteinflößend. Nein, das Gefühl von Jamisons dickem Finger bewies, dass mir Dinge am Hintern gefielen. Und als ich begann mich zu bewegen, zu heben und zu senken, während ich das Lenkrad für mein Gleichgewicht und Hebelwirkung nutzte, ließ er seinen Daumen behutsam rein und raus gleiten. Nicht zu weit, aber weit genug, um mich wissen zu lassen, dass sich ein echter Schwanz... unglaublich anfühlen würde.

Es war zu viel. Alles. Der erste Orgasmus hatte mich auf mehr vorbereitet, mich so empfindlich gemacht, dass es nicht schwer war, zum Höhepunkt zu kommen. Und sein Daumen...

„Komm für mich. Komm jetzt."

Es mag das heisere Hauchen seiner Worte gewesen sein, das überraschende Vergnügen seiner Finger oder weil ich spürte, wie er in mir noch dicker anschwoll, aber ich kam. Ich schrie, der Klang wurde, wie ich wusste, aus den offenen Fenstern und über die offenen Flächen der Ranch getragen.

„Das ist es. Melke das Sperma aus

meinen Eiern. Ja. Fuck. Du liebst es, etwas in deinem Hintern zu haben. Mein Schwanz wird bald dort sein. Ah, du wirst es lieben."

Meine Haare fielen lang über meinen Rücken, mein Atem kam abgehackt, während ich Jamison für mein eigenes Vergnügen benutzte und mir jedes Bisschen erkämpfte, wobei ich meine Pussy mit seinem Schwanz bearbeitete, meine Klitoris an seinem Körper rieb, als er fortfuhr schmutzige Dinge zu sagen.

Ich wollte alles, was er sagte. Jedes. Einzelne. Wort.

Sein Daumen drückte noch tiefer, während sich sein ganzer Körper anspannte. Ein tiefes Stöhnen entwich seinen Lippen, als er kam. Da blickte ich über meine Schulter und beobachtete ihn, sah, wie verloren in der Welt, in dem Vergnügen er war, das er meinem Körper entrungen hatte. Zur gleichen

Zeit konnte ich die heißen Strahlen seines Spermas in mir spüren. So tief. So viel davon, dass ich tagelang markiert sein würde, innen und außen. Er bewegte seine Hüften das winzigste Bisschen hoch und runter, als er kam, sein Samen fing an, um ihn herum zu entweichen, bedeckte meine Schenkel seinen Schoß.

Ich konnte nicht zu Atem kommen, konnte nichts tun, als mich festzuhalten.

Irgendwann entfernten sich seine Hände von mir, ich hob mich von ihm hoch und drehte mich um, so dass ich ihm ein weiteres Mal gegenübersaß.

„Warte", befahl er, seine Stimme jetzt sanft und zärtlich, während er auf meine Pussy blickte, die über ihm schwebte.

Sein Schwanz glänzte, da er mit unseren vereinten Flüssigkeiten benetzt war. Immer noch hart. Wütend aussehend, als ob er nach wie vor noch kommen müsste.

„Was?", fragte ich.

„Ich liebe es, dich mit meinem Samen bedeckt zu sehen."

Seine Hand umfasste mich sanft und begann all das Sperma, das aus mir geflossen war, über jedem Zentimeter meiner Pussy zu verteilen, sogar ein wenig davon zurück in mich zu drücken.

„Gib mir mein Handy."

Es lag auf der Mittelkonsole und ich hob es hoch. „Du wirst kein Foto machen."

„Fuck nein. Suche Boones Nummer. Ruf ihn an."

Ich war mir nicht sicher warum, aber ich nickte und tat, was er wollte. Boone hob beim ersten Klingeln ab.

„Hi, Boone", begrüßte ich ihn mit tiefer und rauer Stimme, wahrscheinlich von all dem Schreien.

„Mach den Lautsprecher an", verlangte Jamison.

Ich drückte auf den Knopf.

„Hi, Kätzchen", antwortete Boone.

„Sag ihm, was wir gerade getan haben, dass ich deine Pussy gefickt habe, während sein Samen das Eindringen erleichtert hat. Dass du hart gekommen bist, weil ich einen Daumen in deinen jungfräulichen Hintern gesteckt habe. In meinem Truck."

Ich hörte Boones Stöhnen durch das Handy.

„Kätzchen?", fragte er.

Ich räusperte mich und wiederholte Jamisons Worte.

„Du hast mich gerade so hart gemacht", erzählte mir Boone, als ich fertig war. „Willst du wissen, was ich morgen Nacht mit dir tun werde, wenn ich dich abhole?"

Ich biss auf meine Lippe, sah zu Jamison. Ich wusste, es würde mich wieder von neuem erregen. Ich würde nicht in der Lage sein bis dahin zu warten. Ich würde später Jamison brauchen, damit er den Schmerz linderte. Und ich wusste, er würde das tun. Wusste, dass sein Schwanz dieser Aufgabe gewachsen wäre.

Jamisons Hand hob sich, streichelte über meine Haare, meinen Arm hinab. Eine einfache, sanfte Geste. Eine Zarte, die in völligem Kontrast zu dem wilden Ficken stand, das wir gerade beendet hatten.

„Erzähl es ihm, Kätzchen. Erzähl Boone genau, was du willst, egal wie versaut es ist. Er wird es dir geben. Du wirst mehr als einen Finger in diesem engen Hintern haben. Er wird einen Stöpsel in dich einführen und bald einen unserer Schwänze. Wir werden auch diese Jungfräulichkeit nehmen. Du bist die Unsere. Immer."

Ja, das erkannte ich jetzt. Kady hatte recht gehabt. Sie wollten mehr. Sie wollten alles und ich fühlte mich gut.

Nicht nur meine Pussy, sondern auch mein Herz.

Ich legte meine Hand auf Jamisons Brust, nickte. „Ja, Boone. Erzähl es mir. Ich kann nicht warten."

12

BOONE

ES WAR EINE WOCHE HER, seit wir Kätzchen zum ersten Mal erobert hatten und auch wenn sie jede Nacht entweder in meinem Haus oder in Jamisons Hütte verbracht hatte, befanden wir uns jetzt im Haupthaus für ein großes Abendessen als Gruppe. Das Haus war am besten für ein solches Essen geeignet, da die Küche riesig war und der Esszimmertisch groß genug, um einem Haufen übergroßer Männer Platz zu bieten.

Sie hatte darauf bestanden, für alle zu kochen, für alle Rancharbeiter sowie Kady und ihre Männer. Beide Frauen hatten beschlossen, dass eine wöchentliche gemeinsame Mahlzeit für uns alle gut wäre. Da ich unterm Pantoffel stand oder besser gesagt unter Kätzchens Fuchtel, würde ich, wenn sie für unsere große pseudo Familie kochen wollte, mitessen. Glücklich.

Mit Ausnahme dieser Mahlzeit wurde das Haus ansonsten vernachlässigt. Kady lebte bei ihren Männern und Kätzchen hatte jede Nacht, seit wir sie erobert hatten, in einem unserer Betten verbracht. Ich wollte nicht, dass sie hierblieb. Jamison wollte es *wirklich* nicht. Er war in dieser

Sache unerbittlich, da er dabei gewesen war, als das Arschloch Kady nachgestellt hatte. Er hatte den toten Körper gesehen, das Messer, das der Kerl bei sich gehabt hatte. Das Haus würde, mit Ausnahme dieser großen Gruppentreffen, leer stehen, bis die nächste Steele Tochter gefunden wurde und hier einzog. Unterdessen arbeiteten Jamison und Riley mit einer Sicherheitsfirma zusammen, um es sicher zu machen.

Jamison hatte Patrick und Shamus die Hölle dafür heiß gemacht, dass sie im Silky Spur nicht auf unser Kätzchen aufgepasst hatten. So wie sie sich überschlugen, ihr und Kady zu helfen, hatten sie die Nachricht klar und deutlich verstanden.

Seitdem hatten sie sich von ihrer besten Seite gezeigt, was der Grund war, warum sie sofort in die Höhe schossen und ihre Stühle in der Eile über den

Holzboden kratzten, als Jamison dem ganzen Tisch verkündete: „Ihr kennt die Regel." Er stand auf, nahm seinen Teller und zwinkerte Kätzchen zu. „Derjenige der kocht, räumt nicht auf."

Sie schnappten sich so viel leeres Geschirr wie möglich und liefen direkt hinter Jamison in die Küche.

Sutton, einer der anderen Rancharbeiter, blieb sitzen, die Arme verschränkt, und schüttelte langsam seinen Kopf. Er war älter als die Anderen, ungefähr in meinem Alter und hatte jahrelang beim Militär gedient. Er war rücksichtslos genug, um das Arschloch, das Kady nachgestellt hatte, zu erschießen. Ein perfekter, einziger Schuss direkt ins Herz. Wenn er letzte Woche im Silky Spur gewesen wäre, hätte er Kätzchen auf keinen Fall aus den Augen gelassen.

Riley stand auf, beugte sich nach unten und küsste Kadys Scheitel, murmelte in ihr Ohr: „Ich werde das Dessert holen. Ich freue mich auf die Schlagsahne." Ihr Gesicht wurde knallrot und sie weigerte sich von ihrem Teller hochzusehen. Ich fragte mich, was die drei mit der süßen Garnierung gemacht hatten.

„Alles war köstlich, Penny", lobte Sutton und legte seine Serviette auf den Tisch.

Sie hatte die Dinge einfach gehalten und Hamburger mit Beilagen, Kartoffelspalten und Salat, gemacht. Brownies – mit Schlagsahne. Und sie war so schlau gewesen, zu wissen, dass große Männer ziemlich große Mengen essen und hatte jede Menge zubereitet.

Unter dem Tisch ergriff ich Kätzchens Hand und drückte sie. Sie errötete, erfreut über das Lob. Sie hatte es die ganze Woche über aufgesaugt, hatte sich entspannt und an ihr Leben in Barlow gewöhnt. Nachdem sie nun nicht mehr unter dem herrischen Kommando ihrer Mutter stand, blühte sie auf. Die Kongressfrau hatte ein paar Mal angerufen, aber Kätzchen hatte die Anrufe alle auf die Mailbox gehen lassen. Obwohl ich nie meine Hand gegen eine Frau erheben würde, wollte ich es bei Nancy Vandervelk tun. Sie hatte das Bedürfnis ihrer Tochter nach mütterlicher Zuneigung als Waffe verwendet. Wenn Kätzchen spurte und genau tat, was ihre Mutter wollte, schenkte sie ihr ein bisschen Aufmerksamkeit. Zuneigung. Wenn sie es nicht tat...wusste Kätzchen, was passieren würde und war für die Konsequenzen nicht bereit gewesen. Das war der Grund, warum sie zweiundzwanzig war und gerade einen Master in einem Gebiet gemacht hatte, das sie nicht interessierte.

Nicht länger. Ich musste Kätzchen zustimmen. Aiden Steele hatte sie gerettet. Sein Tod hatte die Wahrheit über ihre Vergangenheit ans Licht gebracht. Nein, er hatte all die Lügen ihrer Mutter zu Tage gefördert. Das zu wissen, hatte Kätzchen geholfen, sich selbst besser zu verstehen und anzufangen, sich von ihrer Familie zu lösen. Der große Mist war, dass ihre Mutter ihr das Gefühl gegeben hatte, dass die richtige Penelope Vandervelk eine Versagerin war, weil sie andere Dinge wollte als ihre Mutter. Weil sie anders war als ihre überehrgeizigen Stiefbrüder und Stiefschwester. Aber sie war nur auf dem Papier eine Vandervelk. Ihre Persönlichkeit, ihr Charakter, der war der einer Steele.

Sie hatte ihre Mutter noch nicht mit allem konfrontiert, aber es war nur noch eine Frage der Zeit. Wenn sie wahrhaftig glaubte, dass Jamison und ich endgültig, für immer, bei ihr bleiben würden, hätte sie genug Selbstbewusstsein, sowie die

Unterstützung, um diese Aufgabe zu bewältigen.

Dass sie uns noch nicht vollständig vertraute, bewies nur, wie viele Wunden ihre Mutter ihr zugefügt hatte. Sie gab sich uns mit ganzem Herzen hin, aber solange sie die Dinge mit ihrer Mutter nicht klärte, würde sie nie richtig frei sein. Deswegen zog sie von Haus zu Haus, Jamisons und meinem, je nachdem, ob ich arbeitete. Bald würden wir uns entscheiden, wo wir zusammenleben könnten. Ein Haus für uns drei. Und all die Kinder, die sie uns schenken würde. Sie würde die richtige Familie bekommen, die sie sich so sehr wünschte. Das wollte ich ihr geben.

Sie hat in den vergangenen Tagen so viel von sich selbst mit uns geteilt – sie war allergisch auf Heidelbeeren, liebte Abenteuerfilme, ihr gefiel die Farbe Lila nach der Unmenge an sexy lavendelfarbener Unterwäsche zu schließen, mit der sie uns reizte, und war so unersättlich nach uns wie wir nach ihr. Das einzige Opfer waren die sexy Höschen, die wir von ihr rissen.

Sie war jetzt weit davon entfernt eine Jungfrau zu sein. In jener ersten Nacht hatte sie in Bezug auf uns recht gehabt. Wir hatten gedacht, dass sie, weil sie noch nie zuvor Sex gehabt hatte, zögern und Angst haben würde vor zwei großen Männern und sogar noch größeren Schwänzen, die in sie eindringen wollten, sowie vor all den dunklen und schmutzigen Dingen, die wir mit ihr machen wollten.

Sie hatte uns den Kopf zurechtgerückt, mit diesem süßen kleinen Cowboystiefel aufgestampft und nie zurückgeblickt. Ich lächelte vor mich hin, als ich daran dachte, dass das einzige Mal, bei dem sie zurückgesehen *hatte*, gewesen war, als ich sie in meinem Bett hatte und sie von hinten nahm und sie mir sagte „tiefer". Härter. Mehr.

Ich rutschte auf meinem Stuhl hin und her, mein Schwanz war hart, nur weil ich daran dachte, wie sie sich zurückgedrückt hatte, so viel gegeben hatte wie sie erhielt, bis wir beide zusammen als heißes, verschwitztes Durcheinander zum Höhepunkt gekommen waren.

Und was den Rest anging? Kätzchen war hier mit uns und das allein erlaubte mir, geduldig zu sein. Geduldig zu warten, dass sie bereit war, den nächsten Schritt zu machen. Ein Ring an ihrem Finger. Das würde wahrscheinlich in der nächsten Woche oder so geschehen, wenn sie höchstwahrscheinlich ihre Periode nicht bekommen würde. Ich hatte während meiner Zeit als Assistenzarzt auch eine Zeit lang in der Gynäkologie gearbeitet und wusste alles über die besten Tage, um schwanger zu werden. Für Kätzchen konnte ich zwar die Tage, in denen sie den Eisprung hatte, nicht genau kalkulieren, bis ich ihren Zyklus kannte, aber ich war mir ziemlich sicher, dass wir einen dieser Tage getroffen hatten, da wir sie manchmal zweimal am Tag gefickt und gefüllt hatten. Sie war jung, gesund. Ich hegte keinerlei Zweifel daran, dass wir sie geschwängert hatten.

Als ich tief in meiner Brust stöhnte, wandte sie sich zu mir und ihre Stirn runzelte sich leicht. Ich nahm die Hand, die ich hielt, bewegte sie zu meinem Schoß und legte sie auf meinen Schwanz. Ihre Augen weiteten sich.

Sobald wir es mit Sicherheit wussten, würden wir zum Gericht flitzen, um es offiziell zu machen. Auch wenn sie uns nicht beide auf legale Weise heiraten konnte, so hätte sie dennoch den Schutz, den mein Name bot. Er und ich hatten darüber gesprochen und vor dem Gesetz würde sie die Meine sein. Aber das bedeutete nicht, dass sie weniger die Seine sein würde. Sie wusste, sie gehörte zu uns beiden. Das vermischte Sperma auf ihren Schenkeln war der Beweis dafür. Dieses Baby würde nicht nur einen Dad kennen, sondern zwei. Es würde die Liebe erfahren, die Kätzchen nie hatte. Bis jetzt.

Kätzchen umfasste meinen Schwanz und drückte ihn leicht.

Ich stand auf, zog an ihrer Hand und sie aus dem Stuhl. „Wir sind gleich wieder zurück."

Als ich sie aus dem Zimmer und durch den Flur zu Aiden Steeles Büro führte, hörte ich ein wenig Gelächter, aber ich schenkte dem keine Aufmerksamkeit. Sobald ich die Tür zu dem männlichen Zimmer schloss, öffnete ich meinen Gürtel.

„Du willst meinen Schwanz, Kätzchen?"

Sie blickte mit sehr klugen Augen zu mir hoch. Als sie ihre Lippen leckte und ihre pinke Zunge herauskam, wusste ich, dass ich nicht länger eine sexuell Unschuldige vor mir hatte. Sie war jetzt eine Femme Fatale, die genau wusste, wie sie das bekam, was sie wollte.

„Oh ja", schnurrte sie praktisch. „Dieser Stöpsel, den du in mich gesteckt hast, macht mich verrückt."

Bevor sie Jamisons Hütte verlassen hatte, hatte ich den kleinsten Stöpsel in sie eingeführt. Sie hatte im Verlauf der vergangenen Woche größere aufgenommen, aber ich hatte gewollt, dass dieser während der Mahlzeit in ihr blieb, damit sie sich daran erinnerte, zu wem sie gehörte. Damit sie im Hinterkopf behielt, dass wir sie eines baldigen Tages gemeinsam erobern würden. Für mich war es verdammt heiß zu wissen, dass sie ihn die ganze Zeit in sich trug.

Sie begann vor mir auf die Knie zu fallen, aber ich packte sie am Arm. Ich schüttelte langsam meinen Kopf, hielt sie davon ab, vor mich zu knien und mich in ihren Mund zu nehmen. „Du kennst die Regel. Ladies first."

„Aber wir müssen schnell machen. Ich will nicht, dass alle wissen, was wir hier tun."

Ich trat zurück an die Wand. „Kätzchen, *alle* wissen, was wir hier tun. Und was schnell betrifft – "

„Oh!", keuchte sie, als ich sie hochhob und ihren herrlichen Hintern mit meinen Händen umfasste, bis sie ihre Beine um meine Taille schlang.

„ – ich werde dich in ungefähr dreißig Sekunden zum Orgasmus bringen."

Sie war so klein, so leicht, dass ich mich zu ihr beugte und sie an Ort und

Stelle hielt, während ich meinen Schwanz aus der Hose zog.

„Immer noch nackt unter diesem hübschen Kleid?"

Nickend biss sie sich auf die Lippe und drückte ihren Kopf zurück an die Holzvertäfelung.

„Magst du immer noch den Stöpsel?"

Sie nickte wieder, ihre Wangen liefen in einem hübschen Pink an.

Als ich ihre feuchte Hitze fand und über die weichen Schamlippen glitt, die sie für zu groß hielt, stöhnte ich und Lusttropfen sickerten aus mir. Sie sorgte dafür, dass ich jederzeit zum Ficken bereit war. Und das Gefühl von ihr, völlig geschwollen und bereit für mich, war zu viel. Mein Finger stupste gegen das Ende des Stöpsels. Ich konnte nicht warten.

Indem ich sie nach unten senkte, glitt sie direkt auf meinen Schwanz. Sie keuchte auf und ich beugte mich zu ihr und küsste ihren Hals. „Schh, Kätzchen. Lass niemanden deine Schreie hören."

Ich zog meine Hüften zurück, stieß tief in sie.

„Mehr?", fragte ich und atmete ihren schwachen Duft ein.

„Mehr", wisperte sie.

Da hielt ich mich nicht mehr zurück. Jamison und ich hatten sie darauf trainiert, auf unseren Schwänzen zu kommen, ihre Muschi reagierte wunderbar auf uns. Ich kannte ihren Körper, kannte die Stellen in ihr, über die ich reiben musste und die sie zum Höhepunkt bringen würden. Und ich zielte auf diese, rieb über sie, bis sie kam. Ich spürte, wie sie begann mich zu melken, mich reinzuziehen und wie sie versuchte, mich so tief wie möglich zu halten, als ob ihr Körper sich nach meinem Samen sehnte. Sie presste ihre Lippen zusammen, während sich ihre

Wangen röteten und ihr Stöhnen gedämpft wurde.

„Das ist mein braves Mädchen." Jamison hatte mir von ihrem Trigger Wort erzählt, dass es sie beschämte als unartig angesehen zu werden, selbst wenn sie alles andere als das war. Stattdessen lobten wir sie oft und stellten sicher, dass sie wusste, dass sie absolut perfekt war.

Ich stieß zwei weitere Male in sie und folgte ihr zum Orgasmus, füllte sie. Ladung um Ladung meines Spermas spritzte in sie, bis sie mich vollständig ausgetrocknet hatte. Bis mein Gehirn Brei war und ich nichts anderes tun konnte, als ihren Hintern mit einer Hand zu umfassen und sie mit der anderen gegen die Wand zu drücken.

Sie konnte nicht von allein auf den Boden gelangen. Ich war zu groß und sie war auf meinen Schwanz gespießt.

Kleine Nachbeben durchzuckten ihre Muschi und schon war ich wieder bereit.

Aber Kätzchen hatte recht. Ein Quickie war ja schön und gut. Jeder verstand das Verlangen hinter diesen, aber alles, was länger dauerte, war unhöflich.

Ich beugte meine Knie und setzte sie schließlich auf ihre Füße, wodurch mein Schwanz aus ihr glitt. Da der Saum ihres Kleides immer noch um ihre Taille hing, entging mir der heiße Schwall Sperma, der über ihren Schenkel rann, nicht.

„Ich glaube nicht, dass das dreißig Sekunden waren", sagte sie.

Nein. Ich grinste, fühlte mich sehr männlich. „Heute Nacht, wenn Jamison und ich dich zwischen uns haben, verspreche ich dir, werden wir viel länger durchhalten. Die ganze Nacht, falls wir dich nicht bewusstlos ficken."

Darüber grinste sie. „Versprechen, Versprechen", erwiderte sie und verwendete genau die Worte, die sie in der Nacht von sich gegeben hatte, als wir sie zum ersten Mal genommen hatten. Sie schlüpfte aus der Tür und lief durch den Flur zur Damentoilette, bevor ich antworten konnte. *Femme Fatale*.

Ich richtete meine Hose und kehrte dann zurück zum Esszimmer.

13

*B*OONE

JAMISON SAß AUF SEINEM STUHL, der
Tisch war abgeräumt worden, Sutton
beugte sich, auf die Ellbogen gestützt,
auf dem Tisch nach vorne. Ich hörte,
dass jemand in der Küche Geschirr
spülte. Cord hatte seinen Stuhl näher zu
den anderen Männern gezogen, Kady
saß auf seinem Schoß.

Jamison musterte mich einmal von

oben bis unten und nur das leichte
Anheben seiner Lippen wies daraufhin,
dass er wusste, was ich mit Kätzchen
angestellt hatte. „Sutton hat uns gerade
von einem Mann erzählt, der gestern zur
Ranch gekommen ist."

Ich hielt inne, als ich meinen Stuhl
gerade herausziehen wollte. „Oh?"

Sutton blickte zu mir. Nickte. Er
hatte kurzgeschnittenes braunes Haar
und ich konnte die Einkerbung seines
Hutes sehen. Seine Augen waren dunkel,
ernst. Er war leise und ruhig wie
Jamison, aber er hatte eine düstere Aura
an sich, als ob er Dinge gesehen hätte,
Nöte oder Schrecken erlebt hätte, die
ihn verändert hatten. Und die ihn
schweigen ließen. Also hörte Jamison zu,
wenn er sprach. Zur Hölle, das taten wir
alle.

„Sagte, er sei ein Gutachter."

Riley kam mit einer Platte Brownies
in den Händen und einer Dose

Sprühsahne unter den Arm geklemmt durch die Hintertür herein.

„Weißt du irgendetwas über einen Gutachter?", fragte Jamison ihn.

Er stellte die Platte auf die Mitte des Tisches und warf die Sprühsahne zu Cord, der sie locker mit einer Hand fing.

„Nein."

„Er hat mir seinen Personalausweis gezeigt und ich habe die Informationen notiert. Er ist ein kleiner Fisch in einem großen Ölteich."

Scheiße. Das war nicht gut.

Jamisons Augenbrauen schossen in die Höhe und er begegnete meinem Blick, als er antwortete. „Großes Öl? Welche Firma?"

„Borstar. Je davon gehört?"

Ich schüttelte meinen Kopf, während Jamison sagte: „In der Tat, ja."

Ich runzelte die Stirn.

„Letzte Woche", erklärte er, „hat Penny erwähnt, dass ihr ein Job bei denen angeboten wurde. Du hast gearbeitet." Das Letzte sagte er zu mir.

„Ein Jobangebot bei wem?", fragte Kätzchen.

Ich drehte mich bei ihrer Rückkehr um und musterte sie. Sie war verdammt umwerfend. Ihre Wangen waren ein wenig gerötet, aber ansonsten gab es kein äußerliches Anzeichen dafür, dass sie gerade gevögelt worden war. Ihr legeres Kleid war hellblau und passte zu ihren Augen. Nicht, dass es unanständig war. Der Schnitt glich dem eines T-Shirts, aber fiel bis zu ihren Knien. Und war perfekt für leichten Zugang. Jetzt wusste ich, warum Cord und Riley Kady so sehr in Kleidern liebten.

Jamison streckte seinen Arm aus, Kätzchen ging zu ihm und er schlang ihn um ihre Taille. Da sie so klein war und er saß, hatten sie fast die gleiche Höhe.

„Als du letzte Woche mit deiner

Mutter geredet hast, hast du Borstar erwähnt", erklärte er mit sanfter Stimme und so zärtlich, wie er es nur bei ihr war.

„Das stimmt. Ich habe Jobangebote von Borstar und zwei anderen Firmen erhalten." Sie biss auf ihre Lippe. „Eine kleine Firma in Island und die letzte war keine Ölfirma, sondern eine Firma, die bei extrem umweltgeschädigten Gebieten für die Abtragung der schädlichen Bodenstoffe sorgt."

Ich hatte von Orten gehört, die zum extrem umweltgeschädigten Gebiet erklärt worden waren, wie beispielsweise die Stadt Shelby ein paar Stunden nördlich von Barlow, und dass die Regierung gezwungen war, die Umweltschäden zu minimieren. Was Island anging, so wusste ich nicht viel. Ich hatte noch nie von Borstar gehört.

„Sutton hat einen Mann von Borstar getroffen, der auf eurem Land aufgetaucht ist", ergänzte Jamison.

Euer Land. Es gehörte ihr und Kady und den drei anderen geheimnisvollen Schwestern.

Kätzchen sah zu Sutton. „Ein Gutachter", wiederholte er.

„Er hat sich die Topographie, die geografischen Ausprägungen wie Flüsse oder einen Bach angesehen. Große Felsformationen, Erhebungen, Vertiefungen." Sie runzelte die Stirn, dachte nach, dann blickte sie zu Kady. „Du hast keinen hierher bestellt?"

„Ich?" Kadys Augen weiteten sich überrascht, dann lachte sie. „Ich bin ein Ostküsten-Mädchen und würde eine Erhebung nicht von meinem Hintern unterscheiden können. Ich habe noch nicht einmal richtig verstanden, wie man ein Pferd reitet."

Jamison gluckste und streichelte mit den Knöcheln über Kätzchens Wange. „Das stimmt, also der Pferdeteil, aber sie wird viel besser im Reiten." Er milderte seine Neckerei mit einem Zwinkern.

Ich sah, wie sich Kätzchens Wangen verfärbten, während sie zu Boden sah.

„Was hat er dann hier gewollt? Nach Öl gesucht?", fragte ich. „Kann jemand einfach Land anschauen und wissen, dass es dort Öl gibt?"

Ich war in die Angelegenheiten der Steele Ranch nicht involviert. Auch wenn ich in Barlow geboren und aufgewachsen war und mich selbst ein bisschen für einen Cowboy hielt, war ich auch ein Stadtmensch. Ein Arzt. Ich verbrachte meine Tage in der Notaufnahme, wo ich es mit allem von der Grippe über Alkoholvergiftungen bis zum Herzstillstand zu tun hatte. Eine völlig andere Erfahrung, als die Grenze der Ranch auf dem Rücken eines Pferdes abzureiten. Obwohl ich mit Jamison befreundet war, kam ich nicht oft zur Ranch, vielleicht ein paar Mal im Jahr,

wenn einer der Männer krank war. Acht
Jahre war ich weggewesen, auf dem
College und dann für meine
Assistenzzeit in Krankenhäusern von
Chicago bis Austin und weitere Jahre
während der Ausbildung zum Arzt.

„Es ist möglich Stellen zu finden, wo
Öl durch die Oberfläche getreten ist.
Unwahrscheinlich, aber
wissenschaftlich möglich", informierte
uns Kätzchen. „Aber man kann die
Felsen untersuchen, herausfinden, ob
Kohlenwasserstoff vorhanden ist."

Sie hielt inne, sah sich um. Auch
wenn keiner von uns einen abwesenden
Gesichtsausdruck zeigte, so überstieg
das Gesagte doch definitiv unseren
Horizont. Sie erkannte das und blickte
zu Sutton. „Hatte er irgendwelche
Werkzeuge dabei? Etwas, um Steine oder
Erdproben mitzunehmen. Vielleicht
eine Maschine, die wie ein extravaganter
Metalldetektor aussah?"

Sutton schüttelte seinen Kopf. „Er hatte einen kleinen Rucksack, nicht größer als einer, den ein Kind zur Schule mitnehmen würde, eine Wasserflasche im Seitenfach. Er hatte sein Handy in der Hand, also hat er vielleicht Fotos gemacht?"

„Eine Firma, die will, dass du für sie arbeitest, schickt einen Gutachter zu deinem Grundstück", überlegte ich laut. Das war noch nicht vorbei. Sutton mochte den Mann zwar verscheucht haben, aber es war nicht vorbei. Ich konnte es spüren.

„Vielleicht hat unser Vater mit ihnen eine Vereinbarung getroffen, bevor er gestorben ist?", wunderte sich Kady.

„Es ist möglich, Süße, aber wir haben keinerlei Nachweis dafür gefunden, als wir sein Büro und seine Papiere aussortiert haben", erzählte Riley ihr. „Nirgends wird irgendeine Art von Nutzungsüberlassung von Öl- oder

Mineralienrechten erwähnt. Soweit ich weiß, ist das Land unberührt. Wenn Borstar einen Deal mit eurem Daddy abgeschlossen hätte, hätten sie mich wegen irgendwelchen Dividenden-Schecks kontaktiert, da ich der Verwalter bin. Bei denen kannst du die Steuern nicht verbergen oder umgehen."

„Stimmt", stellte Kady fest und zuckte mit den Schultern.

Eine alte Vereinbarung mit Steele war ein plausibles Szenario, aber Riley hatte recht. Er hätte einen Brief von der Finanzbehörde erhalten, wenn es irgendwelche unbezahlten Steuern gäbe.

Ich umfasste Kätzchens Kinn und zwang sie dazu, mich anzuschauen. „Ich denke, du solltest dich mit deiner Kontaktperson dort in Verbindung setzen und herausfinden, was vor sich geht."

Kätzchen begegnete meinem Blick. Sie hatte die Unterlippe zwischen die

Zähne gezogen, ein sicheres Zeichen dafür, dass ihr kluges Köpfchen arbeitete und über mehr als nur Kohlenstoff nachdachte. „Alles klar. Denkst du, dass wir in Gefahr sind?", fragte sie und warf einen Blick zu Kady.

Die Frauen hatten mehrere Treffen nur miteinander gehabt, seit sie sich zum ersten Mal in meinem Haus begegnete waren. Zweifellos hatte Kady ihr erzählt, was ihr passiert war.

Cord hatte Kady auf seinem Schoß sitzen und einen Arm um ihre Taille geschlungen. Bei der Erwähnung dieser Möglichkeit sah ich ein gefährliches Glitzern in seinen Augen, denn er würde auf keinen Fall zulassen, dass Kady irgendetwas geschah. Keine verdammte Chance.

„Auch wenn er ziemlich harmlos wirkte, ist der Kerl eine glaubhafte Bedrohung. Ich werde Archer anrufen", verkündete Sutton und stand auf.

Archer war der Polizeichef der Stadt. Er war in Kadys Fall mit dem Auftragsmörder involviert gewesen und wusste, dass man dies ernstnehmen musste. Obwohl Jamison und ich ungefähr zur selben Zeit mit ihm auf der High-School gewesen waren, stand er Sutton näher. Wenn sie jemals eine Frau fanden, würden sie sie definitiv teilen. Irgendwann.

„Ich werde auch die Männer darüber informieren, ihnen sagen, dass sie ihre Augen offenhalten sollen", fügte Sutton hinzu. Nach dem Scheiß, den sie im Silky Spur gebaut hatten, würden sie aufpassen. „Ich werde euch auf dem Laufenden halten, was Archer sagt."

Fremde Männer auf dem Land der Steele Ranch waren keine gute Sache, vor allem nicht, wenn die Frauen direkt darin verwickelt zu sein schienen. Es konnte kein Zufall sein, dass Kätzchen erbte und dann Borstar hier auftauchte.

Er nickte den Frauen zu und schritt dann in die Küche, wo immer noch das Geschirr abgespült wurde. Er ließ die Tür hinter sich vor und zurück schwingen.

„Borstar hat seinen Firmensitz in Texas, glaube ich", meinte Kätzchen. „Deren Büros sind um diese Zeit am Abend geschlossen. Ich werde die Person von der Personalabteilung morgen kontaktieren."

„Morgen." Jamison stand auf, warf Kätzchen dabei über seine Schulter und schnappte sich die Schlagsahne vom Teller vor Cord. „Ich nehme das. Danke für die Idee."

Kätzchens Rufe, dass er sie abstellen sollte, wurden ignoriert, während Jamison aus dem Zimmer lief. Er schloss die Eingangstür nicht hinter sich, da er wusste, dass ich ihm folgen würde. Ich sah zu den Anderen, die grinsten. Sutton würde sich mit Archer austauschen und die Männer würden wachsam sein. Kady war in Sicherheit bei ihren Männern und Kätzchen würde bei uns am sichersten sein. Besonders zwischen uns. Das bedeutete nicht, dass sie sich keine Sorgen machen würde und das war der Grund, warum Jamison sie weggetragen hatte. Er wollte sie ablenken und wusste genau, wie er das tun konnte. Ich könnte ihm nicht mehr zustimmen, vor allem da der Quickie überhaupt nicht dabei geholfen hatte, den Schmerz in meinen Eiern zu mildern. Sie waren bereits schwer und voller Sperma für sie.

Ich zuckte mit den Achseln, dann folgte ich ihnen, mein harter Schwanz wies den Weg.

14

*P*ENNY

„WAS FÜR EIN Ort ist das?", fragte ich, während ich meine Hand auf die Rücklehne des Beifahrersitzes legte und aus der Windschutzscheibe blickte. Jamison hatte seinen Truck ausgeschaltet.

Nachdem wir im Diner der Stadt ein spätes Frühstück eingenommen hatten, waren wir aus der Stadt gefahren,

allerdings in die entgegengesetzte
Richtung der Steele Ranch. Er war vor
fünf Minuten von der Hauptstraße
abgebogen und einige weitere Minuten
einer Schotterstraße gefolgt, bevor er auf
eine kurze Einfahrt abgebogen war.

Hier waren wir näher an den
Bergen, die Umgebung war üppig
bewachsen und grün. Ein Fluss befand
sich zu unserer Rechten, das Wasser
floss hoch und schnell aus dem Abfluss
vom Canyon. Direkt vor uns stand ein
Haus. Ein altes, zweistöckiges
Farmhaus. Eine helle Holzvertäfelung,
eine Veranda mit einer Schaukel, ein
tiefes Metalldach. Es erinnerte an das
Haus in dem American Gothic
Gemälde, nur größer. Aufgrund der
Größe schätzte ich, dass es mindestens
vier Schlafzimmer hatte. Dennoch war
es malerisch und bezaubernd. Sogar
vom Truck aus vermittelte es ein
einladendes, heimeliges Gefühl. In der

Ferne konnte ich ein weiteres Haus sehen, also lag es nicht so isoliert wie die Steele Ranch.

„Das ist das Haus, in dem ich aufgewachsen bin."

„Das Haus deiner Eltern?"

„Das stimmt", bestätigte Jamison, entfernte seinen Sicherheitsgurt und stieg aus dem Truck.

Zu dem Zeitpunkt, an dem ich mich abgeschnallt hatte, hatte er auch schon meine Tür geöffnet, um mir nach draußen zu helfen. Er nahm meine Hand und führte mich zu dem Haus, während Boone direkt hinter uns folgte.

„Ich dachte, sie wären nach Alabama gezogen."

„Das sind sie. Ich habe es ihnen abgekauft." Ich stolperte bei seinen Worten und Jamison stoppte, sah zu mir hinab. Sein Hut warf einen Schatten auf sein Gesicht. „Was?"

„Du hast dieses wunderschöne Haus

und trotzdem lebst du auf der Steele Ranch. Warum wohnst du nicht hier?"

Er zuckte mit den Achseln. „Ich habe auf dich gewartet."

Er begann wieder zu laufen und ich lief neben ihm her. *Er hatte auf mich gewartet?*

„Du wusstest bis vor einem Monat nicht einmal von mir. Wie konntest du da auf mich warten?"

Nachdem er die Eingangstür aufgeschlossen hatte, stieß er sie auf und wartete darauf, dass ich als Erste eintrat. Die Böden waren aus Holz, die Wände in einem weichen Cremeweiß gestrichen. Direkt vor mir befand sich eine Treppe mit einem Geländer, das perfekt war, um daran runter zu rutschen. Ein formelles Wohnzimmer war auf der linken Seite, ein zentraler Flur, der in den hinteren Bereich des Hauses führte, in der Mitte und ein Esszimmer auf der rechten Seite. Es gab ein paar Möbelstücke, ein

Sofa und ein großes Bücherregal, eine Anrichte. Vorhänge hingen vor den Fenstern. Die Böden waren nackt. Anscheinend hatten Jamisons Eltern beschlossen, ein paar Stücke zurückzulassen.

Da all die Fenster geschlossen waren, war das Haus warm, die Luft eine Spur abgestanden, aber das Innere war makellos. Es wirkte, als ob die Besitzer nur über ein Wochenende verreist wären und nicht woanders wohnten.

„Dieses Haus ist wie gemacht für eine Familie", erklärte Jamison mir, nahm seinen Hut ab und hängte in an den Treppenpfosten, als ob er es schon einhundert – eintausend – Mal zuvor getan hätte. „Eine große Familie."

„Eine, die wir mit dir haben möchten", fügte Boone hinzu.

Ich wirbelte auf den Fersen herum und sah zu ihm hoch. Anders als Jamison trug er nie einen Hut. Seine

Haare waren so dunkel, fast schwarz und ich wusste genau, wie sie sich zwischen meinen Fingern anfühlten. Er hatte sich heute Morgen rasiert, aber ein Hauch seiner Stoppeln würde sich in ein paar Stunden zeigen. Er trug Jeans und ein T-Shirt mit dem Namen der medizinischen Universität, die er besucht hatte, auf der Vorderseite. Leger, locker. Dennoch war sein Aussehen alles andere als das.

Er war ernst. Seine *Worte* waren ernst.

„Ihr wollt, dass wir...was? Hier leben?"

Er nickte.

„Was ist mit deinem Haus?" Ich warf einen Blick über meine Schulter zu Jamison. „Oder deiner Hütte auf der Steele Ranch?"

„Die Hütte ist für einen Junggesellen. Sie ist zu klein für eine Familie", erklärte er. „Ich habe dort gelebt, weil es einfach war."

„Wir können in meinem Haus wohnen, wenn du möchtest. Zur Hölle, wir können ein Haus auf dem Land der Steele Ranch bauen, wenn du willst, aber dieses Haus...ich bin damit aufgewachsen, hierher zu kommen. Ich habe es geliebt. Der Lärm, das Chaos. Irgendetwas köchelte immer im Schongarer und das Haus hat immer so gut gerochen. Wie Schmorbraten."

Ich sagte nichts, sondern blickte nur zwischen ihnen hin und her. Sie wollten hier wohnen. In diesem Haus. Es war ein greifbarer – und ein offenkundiger – Beweis des Für Immer, das sie mit mir haben wollten.

„Was geht in deinem unglaublichen Gehirn vor sich?", fragte Boone.

„Ich habe euch geglaubt", sagte ich mit einem hörbaren Ausatmen, „das habe ich wirklich. Aber dies...es ist echt. Ihr meint es ernst."

Jamison stieß ärgerlich die Luft aus.

„Kätzchen, ich sollte mich auf diese Stufen setzen und dich übers Knie legen. Was denkst du, dass wir die ganze Zeit mit dir gemacht haben?"

„Na ja, ähm...uns gegenseitig kennengelernt?", entgegnete ich.

„Du wolltest Ficken sagen", widersprach Boone und verschränkte die Arme vor der Brust.

Ich schüttelte meinen Kopf. „Nein. Es ist mehr als das."

„Das stimmt", bekräftigte Jamison, während er sich gegen die Wand lehnte. Ich erkannte seine lockere Haltung, aber sie bedeutete alles andere als das. Wenn ihn etwas störte, wurde er leiser, nicht lauter. „Es ist mehr als Ficken. Es ist Lieben. Wir haben dich geliebt."

Das Blut wich aus meinem Kopf und ich musste mich setzen. *Lieben.* Auf wackligen Beinen ging ich zur Treppe, setzte mich auf eine der abgenutzten Kiefernstufen. Ich stellte mir vor, wie oft Jamison und seine Brüder diese Treppe hinuntergerannt waren, um etwas von dem Schmorbraten zu ergattern.

„Ihr habt nie gesagt – "

„Was?", fragte Boone, lief zu mir und ging vor mir in die Knie, so dass wir uns auf Augenhöhe befanden. „Dass wir dich lieben?"

Ich nickte. Tränen brannten in meinen Augen und ich blinzelte sie weg, trotzdem verschwamm Boone vor mir.

„Wir haben es dir mit jeder Berührung, jeder Umarmung gesagt. Jedem Kuss. Mit allem, das wir sind."

Da flossen die Tränen heiß über meine Wangen. Als ich sie wegwischte und blinzelte, hielt Boone etwas vor mich.

Einen Ring.

„Oh mein Gott."

„Wir können zum Gericht gehen und das hier offiziell gültig machen, aber es wird keinen Unterschied machen. Nicht für mich."

Jamison drückte sich von der Wand, lief zur Treppe und setzte sich neben mich, so dass sich unsere Seiten berührten.

„Ein Stück Papier bedeutet gar nichts." Jamison drehte sich, legte seine Hand auf meine Brust, so dass sein kleiner Finger auf der Wölbung meiner Brust ruhte. Seine Berührung war ehrfürchtig, nicht sexuell. „Das, was hier drin ist, ist von Bedeutung."

Jamison griff in seine Hemdtasche und zog seinen eigenen Ring hervor. Beide waren einfache Ringe, nichts Extravagantes. Jamisons war aus Gold, Boones aus Platin.

„Heirate uns, Kätzchen. Werde unsere Frau. Um uns zu besitzen und zu ehren und alles andere", sagte Boone.

„Babies. Jede Menge von ihnen."

„Und Schmorbraten."

„Jede Menge davon", fügte Jamison hinzu und ich konnte nicht anders, als zu lachen.

Die Tränen fielen immer noch, aber Freude erfüllte mein Herz. Ich hatte mich noch nie so glücklich, so ganz gefühlt. So...vollständig.

„Ich...ich liebe euch. Euch beide."

Ich hatte diese Worte noch nie zuvor ausgesprochen. Es hatte niemanden gegeben, für den ich genug empfunden hatte, als dass er sich diese Worte verdient hätte. Ich *dachte*, ich liebte meine Mutter. Ich hatte mich mein ganzes Leben lang nach ihrer Akzeptanz, ihrer Zustimmung gesehnt. Ich hatte mich nach ihrer Liebe gesehnt. Aber da ich sie nie von ihr erhalten hatte – nicht einmal hatte ich gespürt, dass sie mich liebte –hatte ich im Gegenzug auch keine für sie empfunden.

Aber was Boone sagte, stimmte. Sie hatten diese Worte zwar nicht gesagt, aber sie hatten mir ihre Liebe gezeigt. In allem, was sie taten, in jedem Blick, Berührung. Atemzug.

„Das sind die Worte, nach denen ich mich so gesehnt habe. Auf die ich gehofft habe. Ich habe achtunddreißig Jahre lang auf dich gewartet, die Frau, die wir teilen, lieben und mit der wir alt werden würden", sagte Jamison. „Ich liebe dich auch."

„Ah, Kätzchen, ich liebe dich auch", verkündete Boone ebenfalls. „Heirate uns."

Ich nickte, meine Kehle war durch die Tränen zusammengeschnürt. Sie warteten, wie gewöhnlich mit ihrer nie endenden Geduld für mich, bis ich mich wieder im Griff hatte. „Ja. Gott, ja, ich werde euch heiraten."

„Wir haben dich in jener ersten Nacht erobert und du bist seit damals die Unsere gewesen. Als wir deine Jungfräulichkeit nahmen, haben wir dir gesagt, dass es für immer wäre, und haben es auch so gemeinten, als wir dich mit unserem Samen füllten, mit unserem Baby." Boone schob seinen Ring auf meinen Ringfinger.

Ich wusste nicht, ob ich schwanger war. Nicht mit Sicherheit. Aber er glaubte, wir hätten ein Baby gezeugt. Bei all der Liebe zwischen uns, bezweifelte ich nicht, dass es möglich war. Ich fühlte mich nicht anders, aber wir würden es in ein paar Tagen erfahren.

Jamison ergriff meine Hand, streifte mir seinen Ring über, so dass die zwei Seite an Seite lagen. Der Beweis, dass ich zu ihnen beiden gehörte.

„Du bist die Unsere, Kätzchen", sagte Jamison mit bestimmten Ton. Er umfasste mein Kinn und küsste mich.

Der Kuss riss nicht ab, war heiß und mit einer Menge Zunge. Meine Hände fanden ihren Weg in seine Haare und ich hielt mich fest. Er stand auf, hob mich in seine Arme und trug mich die Treppe hoch, wobei er den Kuss kein einziges Mal unterbrach. Ich fragte mich, ob ich immer zum nächsten Bett getragen werden würde. Zu dem Zeitpunkt, an dem er mich auf die weiche Matratze legte, hatte ich meine Beine um seine Taille geschlungen und meine Fersen in seinen Rücken gebohrt.

Er hob seinen Kopf und ich sah in seine grauen Augen. Sah die Hitze, sogar das Lächeln darin. Ich liebte es, wie sich die Winkel kräuselten, wie sich seine Gesichtszüge nur für mich entspannten. „Als ich ein Teenager war, habe ich davon geträumt, eine Frau in diesem Bett zu ficken."

Die Wände waren von einem hellen Blau, das Bett schmal. „Das ist dein Kinderzimmer?"

„Jep", antwortete er, wobei sein Blick auf meinen Mund fiel.

„Du hast davon geträumt, in diesem

Bett eine Frau zu ficken oder hast du in diesem Bett vom Ficken geträumt?", fragte ich in dem Versuch, das klarzustellen.

Er hielt inne, runzelte die Stirn. „Definitiv Beides."

Er richtete sich zu seiner vollen Größe auf, Boone trat neben ihn. Sie ragten über mir auf, während ich auf meinem Rücken lag. Große, kräftige Männer mit sehr offensichtlichen Beulen in ihren Jeans. Und diese Beulen waren nur für mich. Ich wusste, wie sie sich in meiner Hand anfühlten, wie sie sich in meinem Mund anfühlten und tief in meiner Pussy.

„Du bist die Fantasie eines jeden Mannes, aber du bist die Unsere", stellte Boone fest. „Und es ist an der Zeit, dass wir dich gemeinsam erobern."

Ich wölbte meinen Rücken, drückte meine Pussy zusammen. „Ich weiß, ihr hattet mich erst letzte Nacht, aber ja, ich will mehr. Ich bin...unersättlich mit euch zweien."

Boone beugte sich nach unten, legte seine Hand neben meinen Kopf und küsste mich. Er küsste anders als Jamison. Beharrlicher, bewusster, aber irgendwie auch sanfter. Er schmeckte auch anders. Ich mochte sie beide, brauchte sie beide, um mich vollständig zu fühlen.

„Das bedeutet, dass du unsere beiden Schwänze nehmen wirst. Ich werde in deinem Hintern sein und diese letzte Jungfräulichkeit nehmen, während Jamison diese süße Muschi fickt."

Ich stöhnte bei diesem Gedanken. Ich liebte Anal-Spielchen. Liebte es, wenn sie ihre Finger, die Stöpsel an mir verwendeten. Gott, den Stöpsel gestern Abend in mir zu haben, während wir dieses große Gruppen-Abendessen hatten, war so heiß gewesen. Es war, als würden wir ein dunkles Geheimnis teilen, von dem nur wir drei wussten. Es fühlte sich intim an. Und die Empfindungen? Exquisit. Es stellte sich heraus, dass es mich kommen ließ. Hart. Und daran zu denken, Boones großen Schwanz dort tief in mir zu haben...ich wand mich auf dem Bett.

„Ja, bitte. Ich will das so sehr."

Er küsste mich ein weiteres Mal, seine freie Hand wanderte zu den Knöpfen meiner Bluse, öffnete sie alle und anschließend geschickt den vorderen Verschluss meines BH. Seine Nase stupste den Spitzenstoff zur Seite und er legte seinen Mund auf meinen Nippel, zog so stark daran, wie ich es, wie er wusste, gernhatte. Es war, als ob seine Tat eine direkte Nachricht zu meiner Pussy schickte, sofort feucht zu werden.

Jamisons Handy klingelte und eine Sekunde später auch das von Boone.

Ich beobachtete, wie er seinen Kiefer zusammenpresste und für einen Moment die Augen schloss.

„Was?", knurrte Jamison, während Boones Handy nach wie vor klingelte.

„Ja, sie ist bei mir. Boone auch." Es gab eine Pause. „Wer? Du verarschst mich doch."

Boones Augen begegneten meinen, bevor er sich hochstemmte, um aufzustehen. Sein Handy hatte aufgehört zu klingeln, höchstwahrscheinlich, weil derjenige, mit dem Jamison gerade sprach, wusste, dass wir alle hier waren.

Ich lag da, die Bluse geöffnet und beobachtete sie, während Jamison auf mich hinabblickte, selbst als er zuhörte.

„Wir werden in dreißig Minuten da sein."

Er beendete den Anruf.

„Was ist los?", fragte ich.

„Du hast einen Besucher auf der Steele Ranch."

Ich runzelte die Stirn. „Kady?"

Jamison schüttelte langsam seinen Kopf. „Das war Sutton. Eine Frau ist mit einer Handvoll Männern in Anzügen und Sonnenbrillen auf der Ranch aufgetaucht."

Ich hüpfte vom Bett, wobei meine Finger sich beeilten, meinen BH und meine Bluse zu richten. Nichts ließ mich das Interesse daran verlieren, von meinen beiden Männern zur gleichen Zeit genommen zu werden. Aber das tat es. „Meine Mutter. Meine Mutter ist hier."

15

JAMISON

ES PASSIERTE NICHT OFT, dass ein Mann von einem Mitglied des Kongresses vom Sex abgehalten wird. Ich hoffte, es war das erste und letzte Mal. Während ich die lange, staubige Einfahrt zur Steele Ranch hinabfuhr, wanderte mein Blick in den Rückspiegel, um nach Kätzchen zu sehen. Sie war still gewesen, hatte den ganzen Weg über aus dem Fenster geschaut. Die Beziehung mit ihrer Mutter hatte sich zugespitzt und ich hoffte, dass dies der Showdown sein würde, auf den Boone und ich gewartet hatten.

Eltern sollten an irgendeinem Punkt ihre Kinder loslassen, aber da Nancy Vandervelk das nicht getan hatte – das perfekte Beispiel für Helikoptereltern – hatte sie wahrscheinlich angenommen, dass sie die Kontrolle auch über ihre erwachsene Tochter beibehalten könnte. Kätzchen hatte es ihrer Mutter erlaubt, das zu tun. Bis jetzt.

Jetzt hatte sie uns. Sie hatte die Macht des Steele Namens, auch wenn er legal gesehen nicht ihrer war. Sie hatte den Rückhalt von Kady, Riley und Cord. Von den anderen Männern auf der Ranch. Sie hatte eine Familie. Nicht eine des Blutes, aber eine Gruppe von

Menschen, die sich wirklich um sie und ihr Wohlbefinden sorgten.

Und sie hatte Geld. Geld, um ihr Leben zu führen, wo sie wollte, wie sie wollte. Und wenn wir sie zum Gericht brachten, damit sie vor dem Gesetzt verheiratet war, würde sie auch Boones Namen annehmen. Was sie nicht wusste, war, dass er verdammt reich war. Er hatte Copper King Geld in seiner Vergangenheit. Seine Vorfahren aus Butte hatten ein Vermögen in dem Kupferrausch im neunzehnten Jahrhundert gemacht und die Generationen danach waren schlau genug gewesen, das Geld anzulegen, es wachsen zu lassen. Er wusste, wie es war, wenn Frauen nur wegen seines Geldes hinter ihm her waren, und er verbarg seinen Reichtum gut. Kätzchen interessierte sich einen Scheißdreck dafür. Das hatte sie von Anfang an nicht.

Aber er hatte sie in jener ersten

Nacht in der Tankstelle getestet, um zu sehen, ob sie mehr Interesse an einem Jaguar in ihrer Garage hatte als an irgendetwas anderem. Sie hatte bestanden und an Ort und Stelle Boones Herz erobert.

Sie brauchte ihre Mutter nicht in ihrem Leben. Wenn Nancy Vandervelk sich wie ein eiskaltes Miststück verhalten würde, dann könnte Kätzchen sie einfach wieder wegschicken.

Ich hatte eine Mutter. Boone genauso. Beide waren begierig, in das nächste Flugzeug zu springen und unser Kätzchen kennenzulernen, sie sofort zu umarmen und nie loszulassen.

Aber dieses Treffen, das Alles, lag in Kätzchens Verantwortung. Wenn sie noch nicht bereit war, mit ihrer Mom fertig zu werden, würde ich enttäuscht sein, aber ich würde Geduld haben. Familie war toll, aber sie konnte auch die Emotionen in Mitleidenschaft ziehen.

Das Einzige, das zählte, war, dass Kätzchen in Sicherheit und glücklich war. Und dass Nancy Vandervelks Job sie zwei Zeitzonen von uns entfernt hielt.

Ich parkte auf der Seite des Haupthauses, da zwei identisch aussehende schwarze SUVs vor dem Eingang geparkt waren und ich nicht die Absicht hatte, sie zu blockieren. Wenn sie gehen wollten und dabei die böse Hexe des Ostens mit sich nahmen, würde ich sie nicht aufhalten. Zwei Anzugträger standen auf den Stufen der Veranda, die Frau selbst oder der Rest ihrer Entourage waren nicht sichtbar.

Ich warf einen Blick über meine Schulter zu Kätzchen.

„Bereit?"

Boone schnallte seinen Sicherheitsgurt ab, drehte sich um. „Wir können gehen. Jamison kann diesen Truck wenden und sofort von hier wegfahren. Sie mag zwar den ganzen

Weg hierhergekommen sein, aber du musst sie nicht treffen."

Sie lächelte uns an. „Dankeschön dafür. Aber sie wäre nicht hierhergekommen, wenn es nicht wichtig wäre, zumindest für sie. Sie wird nicht lange bleiben."

Aber der Streit könnte das tun.

„Vertraut mir. Sie mag eine Menge Beton." Sie öffnete die Tür und wir folgten ihr, wobei wir sie flankierten, während sie um das Haus herum zur Vorderseite lief. „Lasst uns das hinter uns bringen."

PENNY

Es war sechzehn Tage her, seit ich meine Mutter zuletzt gesehen hatte. Ja, ich kannte die genaue Zahl. Seit ich zehn war, war ich länger von ihr getrennt gewesen, als ich mit ihr zusammen war, also war das nichts Neues. Aber ich war es. Neu, meine ich.

Ich war nicht mehr die gleiche Frau, die mit all ihren Besitztümern im Kofferraum zur Ranch gefahren war. Ich wusste jetzt, dass ich eine wahrhaftige Steele war. Ich sah überhaupt nicht wie mein Vater aus – noch wie meine Mutter, was das betrifft – aber ich besaß seinen Geist. Ich wusste es, fühlte es auf der Ranch. Die Freiheit, die offenen Flächen, die Möglichkeiten, sich auszudehnen und zu wachsen, zu sein, was auch immer ich sein wollte. Es war nicht erdrückend oder eingrenzend. Das war alles nicht greifbar. Genauso wie meine Gefühle für Boone und Jamison. Die Liebe, die ich für sie empfand, war nicht messbar, sie war keine *Sache*. Sie existierte, ohne gesehen zu werden. Ich wusste, sie liebten mich. Ich wusste, sie würden für mich da sein, egal was passierte. Sie würden mir meine Bürden abnehmen, sie für mich tragen.

Ich spürte das Gewicht ihrer Ringe auf meinen Fingern. Ich war nicht daran gewöhnt, sie zu spüren oder an ihren Anblick, aber sie waren eine Erinnerung an diese Liebe. Eine *greifbare* Erinnerung. Genauso wie das Baby, das höchstwahrscheinlich in mir heranwuchs.

„Da bist du ja", begrüßte mich meine Mutter, als sie auf die Veranda trat, wobei ihre Absätze auf den Holzbrettern klackerten. Sie trug einen ihrer Hosenanzüge, als ob sie gerade erst aus einer Ausschusssitzung gelaufen wäre und nicht aus der Eingangstür eines Ranchhauses in Barlow, Montana. Ihre dunklen Haare waren perfekt frisiert, ihr Makeup dezent und unauffällig.

Sutton folgte hinter ihr, aber blieb bei der Tür stehen. Er sah nicht glücklich aus, aber das tat er eigentlich nie. Er war wahrscheinlich die perfekte Person, um mit meiner Mutter zu warten, weil er jeder Befragung, die sie vielleicht unternommen hatte, standhalten konnte. Von all den Männern auf der Ranch würde er sie unversehrt überleben. Patrick und Shamus würden mittlerweile weinen.

„Hier bin ich", erwiderte ich neutral.

Ich blieb am Fuß der Treppe stehen. Auch wenn sie so einen Größenvorteil hatte, hatte ich nicht vor, mich ihr weiter zu nähern. Es war ja nicht so, als ob wir uns umarmen würden. Und ihre Sicherheitsmänner standen auf jeder ihrer Seiten. Sie wirkte unnahbar, nicht überlegen, wie sie es gerne hätte. Sie sah nur so aus, wenn ich ihr erlaubte, diese Macht über mich zu haben. Nicht länger.

„Was ist das für ein lächerliches Outfit, dass du da anhast?"

Sie stand mit ihren Händen vor ihr gefaltet da und erfasste jeden Zentimeter von mir.

Ich blickte nicht nach unten auf meine Baumwollbluse, den Jeansrock und die Cowboystiefel, die ich so sehr liebte.

„Ich bin mir sicher, du hast Sutton kennengelernt", sagte ich und antwortete nicht auf ihre Frage, sehr zu ihrem Missfallen.

Sie neigte ihren Kopf in seine Richtung, aber blickte nicht hinter sich. „Ja."

„Darf ich dir Jamison vorstellen." Ich hob meine Hand in seine Richtung, dann deutet ich auf Boone. Sie standen ein paar Schritte hinter mir. „Und Boone." Ich erzählte ihr nichts über sie. Je weniger sie wusste, desto besser und ich bezweifelte, dass es sie überhaupt interessierte.

„Wie nett."

Genau, wie ich gedacht hatte. „Worüber möchtest du sprechen, Mutter? Du bist sicherlich nicht wegen der Landschaft den weiten Weg hierhergekommen."

Sie spitzte ihre Lippen, da sie meinen Sarkasmus nicht mochte. „Du könntest mich zumindest in dein Zuhause einladen."

„Darf ich dir und deinen Sicherheitsleuten ein Getränk anbieten?"

„Nein, danke. Sutton hat sich bereits um uns gekümmert."

Ich verdrehte innerlich die Augen.

„Mutter, du hast mich mit deinem unangekündigten Besuch bei etwas Wichtigem gestört. Bitte, sag mir, warum du hier bist."

Ihre Augen verengten sich zu Schlitzen. Ich erkannte diesen Blick. Ich hatte ihn oft genug gesehen. Sie war wütend über mein fehlendes Interesse an ihrer Gegenwart.

„Vielleicht können wir ein wenig Privatsphäre haben."

Da seufzte ich. „Du willst, dass ich meine Freunde wegschicke, während deine Sicherheitsleute zuhören? So läuft das nicht. Ich habe nichts zu verbergen. Die Frage ist, hast du das?"

Sie drehte sich auf ihren Absätzen um und lief direkt an Sutton vorbei ins Haus, die zwei Sicherheitsmänner folgten ihr. Sutton blieb, wo er war und ich schenkte ihm ein kleines Lächeln, als ich an ihm vorbeilief. Ich hörte Boones und Jamisons Stiefel auf den Stufen, wusste, dass sie direkt hinter mir waren.

Ich fand meine Mutter im Esszimmer, wo sie am Kopf des Tisches saß, als ob das ihr Konferenzzimmer wäre und sie das Kommando hätte. Ich blieb am gegenüberliegenden Tischende mit den Händen auf der hohen Lehne des Stuhls stehen.

Die Sicherheitsmänner blieben in der Nähe im Wohnzimmer, falls ich beschließen würde, über den Tisch zu springen und ihren Schützling zu verletzen. Boone, Jamison und Sutton kamen alle in den Raum, zogen Stühle hervor und setzten sich. Drei große Cowboys, die Hüte ruhten vor ihnen auf dem Tisch, bereit zuzuhören.

Meine Mutter hob eine gezupfte Augenbraue, dann sagte sie: „Du hast mir erzählt, dass du die Jobangebote abgelehnt hast, die du erhalten hast."

„Das habe ich."

„Warum?"

„Ich wollte nicht in Island leben."

Sie hob ihre Hand, wedelte kurz damit herum, als ob sie Island zur Seite schieben wollte.

„Die Firma in Charlotte schien nicht gut zu mir zu passen", fuhr ich fort.

„Aber das Angebot von Borstar würde viel entgegenkommender sein. Du könntest deine Dissertation beenden und den Job bekommen. Sie werden bei jemandem mit deinen Fähigkeiten ziemlich flexibel sein, da bin ich mir sicher." Sie faltete ihre manikürten Hände auf dem Tisch.

Ich musterte sie aufmerksam. Schwieg. Dachte über sie nach. Sie war fast dreitausend Kilometer wegen etwas Wichtigem hierhergekommen. Etwas, das *ihr* wichtig war. Sie interessierte sich nicht für mich. Und sie interessierte sich *wirklich* nicht für Aiden Steele. Sie wollte ihn aus ihrem Leben entfernen. Mich wahrscheinlich auch, aber ich hatte einen Wert für sie. Nicht Liebe. *Wert.*

So viel konnte ich aus ihren Worten ableiten. Alles, um ehrlich zu sein. Es war jetzt so offensichtlich. Ich lachte, während ich die Frau, die mich zur Welt gebracht hatte, ansah. Es war, als ob ich eine Brille gebraucht hätte und ich hatte sie endlich angezogen. Es war kristallklar.

„Ich bin aufs Internat geschickt worden, damit ich nicht mehr Teil deines Lebens war."

„Das ist nicht wahr", entgegnete sie. „Das geschah, um dir die beste Bildung zu geben, Vorteile, von denen andere Kinder nur träumen können."

Von einem Leben ohne Liebe, von einer Kindheit, die niemand wollen würde.

„Dein Geld hat sich bezahlt gemacht. Ich bin jetzt schlau genug, um zu sehen, wozu das Ganze war."

Sie schwieg. Selbstsicher.

„Du wusstest, dass das Jobangebot von Borstar war. Jetzt muss ich mich fragen, wie ich den Job bekommen habe, wegen dir oder wegen meinem Gehirn."

Sie zuckte leicht mit den Schultern, die sich jedoch noch mehr versteiften.

„Ein Gutachter von Borstar war neulich hier. Was für eine Vereinbarung hast du mit ihnen?"

„Ich weiß nicht, wovon du sprichst", entgegnete sie, ein bisschen zu schnell. „Ich habe dich nicht dazu erzogen, so mit mir zu sprechen."

„Du hast mich nicht erzogen. Die Chapman Acadamey hat das getan."

Ich trat zurück, drehte mich einmal im Kreis und biss auf meine Lippe. „Du bist im Komitee für Energie und Handel."

„Dem Umwelt Unterkomitee, um genau zu sein", stellte Boone klar.

Alle Augen wanderten zu ihm. Er hatte bei seiner Onlinesuche offensichtlich mehr als mich überprüft.

„Ich war fünf Jahre lang auf dem College", fuhr ich fort. „Du hast so lange gebraucht, um dich in den politischen Rängen von DC zu etablieren und Borstar hat dir dabei geholfen. Wie viel

Geld haben sie für deine Kampagne zur Verfügung gestellt?"

Meine Mutter stand abrupt auf, ihr Stuhl kratzte über den Boden. „Penelope – " In ihrem Ton schwang Tadel mit. Wut. Dennoch bewahrte sie ihre Ruhe. Mit Müh und Not.

Ich unterbrach sie mit einem Wedeln meiner Hand. „Im Gegenzug hast du ihnen mich versprochen." Ich hielt inne, analysierte es. „Zuerst hast du das getan. Aber dann hast du noch die Steele Ranch dazugegeben, um was, die Sache noch verlockender zu machen? Du hast herausgefunden, wie du deinen One-Night-Stand mit Aiden Steele zu deinem Vorteil nutzen kannst."

Sie keuchte in geheuchelter Entrüstung.

„Der Gutachter war – was, einen Tag früher? – hier, weil du ihnen erzählt hast, dass ich für sie arbeiten würde. Dass sie Zugriff auf mein Erbe hätten, wenn ich erst einmal auf ihrer Gehaltsliste stünde. Erstklassiges Öl- und Gasland."

Sie spitzte ihre Lippen und schwieg.

„Ich werde den Job nicht annehmen. Ich werde die dumme Dissertation nicht machen."

Ihre Augen wurden schmal. „Du wirst tun, was dir gesagt wird."

Boone und Jamison richteten sich zu ihrer vollen Größe auf, wodurch sie uns beide, mich und meine Mutter, überragten. Vielleicht war das die DNA, die ich von ihr hatte. Eine kleine Statur.

„Ich bleibe hier in Barlow."

Da lachte sie, aber es troff vor Sarkasmus. „Um was zu tun? Selbst angebautes Gemüse zu konservieren?"

Ich zuckte mit den Schultern. „Vielleicht werde ich nach Öl graben. Ich bin damit schließlich sehr vertraut. Aber das hast ja du geplant, indem du mich in dieses Studiengebiet gedrängt hast. Für genau diesen Moment, wenn du einen Insider in dem Gebiet benötigen würdest."

Sie stotterte, dann hielt sie inne. Holte tief Luft. „Erinnerst du dich daran, was ich dir erzählt habe, was passieren würde, wenn du nicht in die Fußstapfen der Vandervelks trittst?"

Ich nickte, lächelte. „Oh ja. Du wirst mir deine Unterstützung entziehen. Betrachte es als erledigt." Ich streckte meinen Arm aus. Deutete. „Dort ist die Tür. Ich brauche dich nicht. Ich brauche dein Geld nicht. Und mit Sicherheit hatte ich nie deine Liebe."

„Was hast du hier an diesem gottverlassenen Ort?"

Ich blickte zu Jamison und Boone. „Alles."

Sie folgte meinem Blick, ließ ihre Augen über Boone wandern, als ob er gerade mit einem Schlangennest kämpfen würde. „Du hast bei einem

Cowboy Liebe gefunden? Er ist mindestens ein Jahrzehnt älter als du." Da lachte sie. „Was würde er mit einem Kind wie dir wollen? Oh ja, er ist daran – an dir – interessiert wegen deinem Geld, deinem Erbe. Immerhin sind meine Interessen gut für das Land. Meine Verbindung mit Borstar wird die Abhängigkeit Amerikas von Energiequellen von Außerhalb schmälern."

„Nein, deine Verbindung mit Borstar füllt deine Taschen und sichert dir deine politische Stellung. Nicht mehr. Du scherst dich einen Scheißdreck um Amerika. Du scherst dich einen Scheißdreck um irgendetwas anderes als dich selbst."

Daraufhin klappte ihr Mund auf. Fiel praktisch bis zum Boden. Ich hatte ihr noch nie auf diese Weise widersprochen, nie unflätige Sprache verwendet.

„Also wirst du es einfach mit einem

alten Cowboy heiß hergehen lassen. All die Bildung für nichts. Du bist eine Verschwendung."

Boone trat einen Schritt auf meine Mutter zu, aber berührte sie nicht. Ich konnte sehen, wie er vor Wut zitterte. „Ich habe nie eine Frau geschlagen, aber das könnte sich heute ändern."

Mutter erbleichte. „Wie könne Sie es wagen – "

„So werden Sie nicht mit meiner Frau sprechen."

„Frau?", stotterte sie.

Ich hielt meine linke Hand hoch, ließ sie die Ringe an meinem Finger sehen. Obwohl Jamison schwieg, wusste ich, dass er bereit war, sie aus der Eingangstür zu werfen, wenn ich ihm grünes Licht dafür gab.

„Du bist eine Idiotin! Er besitzt jetzt die Hälfte deines Grundstücks."

„Ich glaube nicht, dass ich mich Ihnen in aller Form vorgestellt habe. Ich bin Boone Montgomery. Von den Butte Montgomerys." Als meine Mutter nicht einmal blinzelte, fuhr er fort: „Nie von mir gehört?"

Sie schüttelte ihren Kopf, verneinte damit seine Frage. Ich hatte auch keine Ahnung, wer die Butte Montgomerys waren, aber es war mir nicht wirklich wichtig, wer seine Familie war. Durch meine Mutter wusste ich, dass eine Familie eine Person nicht ausmachte. Ich wollte einfach nur Boone.

„Nein? Dann haben Sie vielleicht von Nathan Montgomery, dem Obersten Richter des Bundesbezirksgerichtes für den Staat Columbia, gehört. Er ist mein Onkel. Ich glaube, er befindet sich in Ihrer Gegend. Dann gibt es da noch Jed Montgomery, aber er lebte ein bisschen vor Ihrer Zeit. Er war 1924 ein Senator aus Montana. Dann gab es noch seinen Vater, Garrison Montgomery, der einer der großen Copper Kings war. Sie haben von ihnen gehört. Sie hatten mehr Geld als die Rockefellers, aber das war nur ein kleiner Teil des Geldes. Es ist über hundert Jahre her und ich bin mir sicher, die Summe ist jetzt viel größer. Sind das genug große Namen für Sie oder möchten Sie, dass ich noch weiter in meinem Stammbaum zurückgehe?"

Mutter schnaubte. „Also hat sie Sie geheiratet, nach zwei Wochen? Sie muss Sie wegen Ihrem Geld wollen."

„Also bin jetzt ich hinter ihrem Geld her oder sie hinter meinem?", fragte er. Als sie realisierte, dass sie sich in ihren eigenen Worten verfangen hatte, entspannte sich Boone und lächelte. „Sie denken, dass sie wegen meinem Geld hinter mir her ist? Bitte. Sie will mich wegen meinem Schwanz."

Ich verschluckte mich an meiner eigenen Spucke. Jamison lachte laut auf. Suttons Lippen hoben sich an, seine Version eines Lächelns.

„Das dürfte an Informationen genügen", erwiderte sie säuerlich.

„Das stimmt. Wir sind hier fertig."

Sie blickte über den Tisch zu mir, aber sagte nichts.

„Sag Borstar, sie sollen sich von meinem Land fernhalten oder ich werde sie verhaften lassen. Und dich genauso. Du bist hier nicht willkommen. Zuerst dachte ich, du bist vor meinem Vater davongelaufen. Meinem *echten* Vater. Aber jetzt bin ich mir sicher, dass er vor dir davongelaufen ist. Was wart ihr beiden, betrunken? Hat er dich so geschwängert?"

Ich schüttelte meinen Kopf, als ihre Lippen sich so sehr kräuselten, dass es wirkte, als würde sie an einer Zitrone lutschen. Sie lief knallrot an, aber gab keinen Kommentar von sich. Es war egal. Ich wollte nicht wirklich etwas über ihren One-Night-Stand wissen.

„Wenn du zurückkommst oder mich

auf irgendeine Art und Weise kontaktierst, werde ich reden", fügte ich hinzu, „über Borstar. Über Aiden Steele."

„Du wirst ruiniert werden", drohte sie. Auch wenn sie Tapferkeit vermittelte, sah ich, dass ihre mächtigen Wände ins Wanken gerieten.

Langsam schüttelte ich meinen Kopf. „Nein, das werde ich nicht. Das wirst du. Auf Wiedersehen, Mutter."

Ich ging um den Tisch, stellte mich zwischen Jamison und Boone.

Sie warf mir einen letzten verächtlichen Blick zu, dann drehte sie sich um und ging. Die Sicherheitsleute folgten ihr. Wir bewegten uns nicht, bis die SUVs gestartet und weggefahren waren, ihre Motoren verhalten in der Sommerluft.

„Sie haben nicht einmal die Eingangstür geschlossen", stellte Sutton fest. Er stand auf, schnappte sich seinen

Hut und lief hinaus, wobei er die Tür hinter sich schloss.

„Geht es dir gut, Kätzchen?", fragte Jamison, während er zu mir kam, seine Hände auf meine Schultern legte und sich nach unten beugte, so dass seine grauen Augen meinen begegneten.

Ich lächelte. Strahlend. Meine Mutter war weg. Für immer. „Fabelhaft."

Er lächelte. „Das stimmt, das bist du."

„Du hast dieser Frau erzählt, dass sie etwas Wichtiges unterbrochen hat."

Mein Blick flackerte zu Boone. „Das stimmt. Das hat sie."

„Oh, und was war das?", fragte er.

Anscheinend zufrieden, dass ich wegen der Konfrontation nicht in Tränen ausbrechen würde, richtete sich Jamison zu seiner vollen Größe auf und kreuzte seine Arme vor der Brust. Wartete.

„Es war kein Scrabble."

16

BOONE

„DU HAST WIRKLICH EINEN ONKEL, der Richter ist?", fragte Kätzchen, während ich daran arbeitete, die Knöpfe ihrer Bluse zu öffnen. Wieder.

Diese Mal würde ich nicht aufhören, selbst wenn das Haus Feuer fing.

„Für eine Wissenschaftlerin hast du nicht viele Nachforschungen angestellt." Ich antwortete ihr zwar, aber in meinem

Gehirn war kein Blut mehr übrig, um alles zu verarbeiten. Beim Anblick von Kätzchen in ihrem BH war alles in Richtung meiner Hosen geflossen. Jamison kniete hinter ihr und half ihr den Rock auszuziehen, indem er sich ihr als Stütze anbot, während sie aus dem Rock trat. Jamison stand auf. Sie stand jetzt in der passenden schwarzen Spitzenunterwäsche und ihren Cowboystiefeln vor uns. Und mit unseren Ringen.

„Fuck, Kätzchen", sagte Jamison und fuhr sich mit der Hand über den Mund. „Du bist das Heißeste, was ich je gesehen habe."

„Zieh dich nackt aus oder dieses Höschen wird ruiniert sein", knurrte ich. Ich war bereits zu erregt, um zärtlich zu sein.

Ich war von einem Elternteil vom Sex abgehalten worden, als ich ein Teenager war. Aber das war in der

High-School gewesen. Meine Eier schmerzten, weil ich mir die Zeit hatte nehmen müssen, um mit der Kongressabgeordneten Vandervelk fertig zu werden. Und jetzt, da Kätzchen die Häkchen ihres BHs öffnete und ich ihre vollen Brüste frei schwingen sah, stöhnte ich. Ich wusste, wie sie sich anfühlten, wie sie schmeckten. Ich beobachtete, wie ihre kleinen nach oben gewandten Nippel hart wurden.

Jamison warf mir einen Blick zu, dann sah er wieder auf ihre Brust. „Eine für jeden von uns."

Mir gefiel, wie er dachte.

Da bewegten wir uns auf sie zu. Sie trat zurück, einmal, dann wieder, bis die Rückseite ihrer Beine gegen Jamisons Bett stieß und sie nach unten fiel, so dass sie am Rand der Matratze saß. Wir hatten es zu seiner Hütte geschafft – wir würden sie nicht im Haupthaus ficken.

Wir wollten Privatsphäre, und zwar jede Menge, für das, was wir tun würden.

Jamison fiel zurück auf seine Knie und legte seinen Mund auf sie, saugte so hart an einem Nippel, dass sich seine Wangen nach innen zogen. Ihre Hände vergruben sich in seinen Haaren, während ihre Augen zufielen.

Ich schloss mich ihm an, umfasste die andere Brust und leckte über den Nippel. „Ich bin reich, Kätzchen", verkündete ich, bevor ich meine Lippen um die Spitze legte und mit meinen Zähnen darüber kratzte.

„Mich interessiert dein Geld nicht."

„Bist du dir sicher?", fragte ich und blickte zu ihr hoch, wodurch ich sah, dass ihre Augen geschlossen und ihre Lippen geöffnet waren. Ihre Wangen waren gerötet, die pinke Farbe breitete sich über ihren Hals aus und fast bis zu unseren Mündern.

„Ich wusste bis vor kurzer Zeit nicht

einmal, dass du welches hast." Sie keuchte, ließ ihre Hand auf meinen Kopf fallen, vergrub ihre Finger in meinen Haaren und zog. „Ich sollte...ich sollte wütend sein, aber ich bin es nicht."

Wir nahmen unsere Münder von ihr, Jamison mit einem lauten 'Plopp'. Ihre Nippel waren kirschrot und glänzten von unseren Mündern.

„Warum nicht?", fragte ich.

Ihre Augen öffneten sich flatternd und sie ließ ihre Hand nach unten gleiten, um mein Kinn zu umfassen. Sie lächelte so süß, so echt. Ihre hellen Augen hielten meine. „Weil ich nur an deinem großen Schwanz interessiert bin."

Ich lachte, beugte mich nach vorne und küsste sie. Und küsste sie.

„Hey!", beschwerte sich Jamison, „was ist mit mir und meinem großen Schwanz?"

Ich löste mich von ihr. Kätzchen

streckte ihre Hand nach Jamison aus, beugte sich nach vorne und küsste ihn ebenfalls. „Ja, dich und deinen großen Schwanz auch. Ich liebe eure beiden Schwänze gleichermaßen."

„Gut, denn wir werden dich gleichzeitig ficken", fügte Jamison hinzu. Er stand auf und begann sich auszuziehen. „Das Gleitgel ist in der Schublade, Boone."

Ich ging, um das Gleitgel zu holen und warf es aufs Bett. Wir würden es brauchen. Eine Menge davon. Ich würde ihren jungfräulichen Hintern erobern, aber ich würde es vorsichtig tun. Sie liebte Anal-Spielchen und ich wusste, sie würde dies lieben. Kätzchen war so verdammt leidenschaftlich, sexuell so reaktionsfreudig. Sie würde kommen und zwar hart.

Jamison fiel neben Kätzchen aufs Bett, seine Knie abgewinkelt und seine Füße berührten den Boden. Sein

Schwanz war hart und zeigte direkt nach oben. Er krümmte einen Finger und Kätzchen bewegte sich zu ihm, setzte sich rittlings auf seine Taille. Die Cowboystiefel waren so verdammt sexy. Ihre Brüste schwangen nach unten, strichen über seine nackte Brust.

Ich liebte es den schwarzen Spitzenstoff an ihrem Hintern zu sehen, aber er musste weichen. Nachdem ich das Band an ihrer Taille ergriffen hatte, zog ich vorsichtig daran und zerriss den zarten Stoff, so dass er in zwei Hälften in meinen Händen lag. Sie keuchte, aber sagte nichts, während sie beobachtete, wie er zu Boden flatterte.

„Ich habe dich gewarnt, Kätzchen."

Da veränderte Jamison seine Position, eine Hand lag jetzt auf ihrer Hüfte, die andere zwischen ihren gespreizten Schenkeln. Er glitt rein und raus, testete ihre Bereitschaft.

Von meinem Beobachtungspunkt

aus konnte mir nicht entgehen, wie feucht sie war und wie seine Finger aus ihrer Muschi glitten, benetzt mit ihrem klebrigen Honig.

„Bitte, Jamison. Ich bin bereit." Sie bewegte ihre Hüften nach vorne, so dass er aus ihr rutschte. Mit einer Hand auf seiner Schulter umfasste sie den Ansatz seines Schwanzes und hielt sich über ihm. „Ich muss nicht zuerst kommen. Ich brauche dich in mir. Jetzt."

Jamison antwortete nicht, höchstwahrscheinlich, weil sie ihre kleinen Finger um ihn geschlungen hatte. Aber sie ließ die breite Eichel in sich gleiten und er stöhnte. Er wusste, sie war bereit und würde nicht mit ihr streiten. Er wollte in sie eindringen.

Genauso wie ich, aber ich musste warten. Ihre Muschi mochte zwar für einen Schwanz bereit sein, aber ihr Hintern war es nicht. Noch nicht. Ich schnappte mir das Gleitgel, klappte den

Deckel auf und spritzte ein wenig davon auf meine Finger. Ich beobachtete, wie Kätzchen Jamison fickte, seinen Schwanz schön tief aufnahm und sich dann wieder anhob. Beobachtete, wie ihr jungfräuliches Loch mir zuzwinkerte, als sich ihre Muschi, wie ich wusste, zusammenzog.

Es war Zeit. Ich ging auf sie zu und glitt mit meinen benetzten Fingern über sie. Es war an der Zeit, dass sie uns zu einer Einheit verband. Die eine Person, die uns zu einer Familie machen konnte.

Unser Kätzchen.

JAMISON

Ich war mir nicht sicher, ob ich durchhalten könnte. In Kätzchen zu sein, sie meinen Schwanz reiten zu lassen, ihr zu erlauben, ihn für ihr eigenes Vergnügen zu benutzten, führte dazu, dass Lusttropfen in kleinen Schüben austraten. Es war, als ob es in meinen Eiern zu viel Sperma gäbe und ich müsste ein wenig davon loswerden. Sie war so verdammt feucht, sie brauchte nichts davon, um glitschig zu werden, damit sie mich vollständig aufnehmen konnte. Nein, sie glitt in einem schnellen Rutsch direkt an mir hinab.

Die Art, wie sie mit ihrer Mutter umgegangen war, hatte meinen Schwanz hart werden lassen. Wirklich verrückt, aber es war so gewesen. Sie war klug, verdammt stark und absolut umwerfend. Ich war so stolz auf sie, so unglaublich verliebt in sie, dass ich den Verstand verlor. Und unsere Ringe auf ihren Fingern zu sehen, war mein Ende. Sie gehörte zu uns. Ein legales Dokument wurde nicht benötigt. Nur ihre Worte, ihre Liebe. Die Ringe waren ein materieller Beweis. Mein Schwanz tief in ihr vergraben war ein weiterer. Und bald würde sich Boone in ihr zu mir gesellen. Wir würden ihr beweisen, dass sie alles war, das Zentrum unserer Welt.

Ich packte eine kurvige Hüfte und eine üppige Titte, umfasste sie, knetete sie, während sie sich bewegte.

Das Geräusch des Gleitgels, das geöffnet wurde, brachte mich dazu, mich bei jedem Gott da draußen zu bedanken. Und als sich Boone nach vorne beugte und anfing, ihren Hintern für sich vorzubereiten, hielt sie inne und lehnte sich nach vorne. Ich nutzte die Gelegenheit, um meinen Kopf zu heben und einen Nippel zurück in meinen Mund zu nehmen, daran zu saugen. Hart. So hart, dass ihre Wände sich um mich herum rhythmisch zusammenzogen.

Sie stöhnte, ihre Augen weiteten sich, während sie ihren Hals entspannte, ihr Kopf nach unten fiel und ihre seidigen Haare wie ein Vorhang um uns hingen. Ich wusste, Boone bearbeitete sie, öffnete sie behutsam mit mehr als nur einem Finger. Zwei, womöglich sogar drei.

„Du wirst nur davon kommen, Kätzchen. Von Boone, der deinen Hintern öffnet und davon, wie du meinen Schwanz reitest. Und während du kommst, wird Boone dich füllen. Du wirst uns beide schön tief in dir haben."

Ich sprach meine Worte mit leiser, gleichmäßiger Stimme. Gesummte Versprechen. Ich ließ meine beiden Hände auf ihre Hüften fallen, während ich meine Knie weiter auseinanderzog und Kätzchen für Boone spreizte.

Ich übernahm die Führung, hob und senkte sie, während ich meine Hüften nach oben stieß und sie mit kurzen Stößen fickte, wodurch Boones Finger sogar noch tiefer in sie eindrangen. Ich konnte ihn durch die dünne Membran, die uns trennte, spüren.

Kätzchens Augen schlossen sich und ihr ganzer Körper wurde weich, als sie sich uns hingab. Ich begegnete Boones Blick über ihrer Schulter. Er konnte sich gerade noch zurückhalten. Er nickte mir zu und ich stieß ein wenig tiefer, knirschte mit den Zähnen bei dem exquisiten Gefühl. Dem Gefühl von ihr. „So wunderschön, das ist es. Komm."

PENNY

ICH HATTE MEINEN VERSTAND VERLOREN. War knochenlos. Ich spürte ihre Hände, ihre Schwänze, die Glückseligkeit. Ich hörte ihre Worte, ihr Lob. Aber ich war so verloren in dem Vergnügen. Ich war zuvor schon gekommen, indem ich einen von ihnen geritten hatte. Mehrere Male. Aber während ich auf Jamison gekommen war, hatte Boone sich in meinen Hintern gedrückt, die breite Eichel hatte mich weit gedehnt, weiter, noch weiter, bis sie leise in mich eindrang. Die Dehnung, das Brennen hatte noch Öl ins Feuer meines Orgasmus geschüttet und er ging einfach weiter und weiter.

Ich war so voll, vollständig von ihnen umgeben. Ich fiel auf Jamisons Brust. Meine Arme konnten mich nicht länger tragen. Ich keuchte in seine Halsbeuge, atmete seinen männlichen Duft ein, schmeckte das Salz seines Schweißes. Seine Brusthaare kitzelten meine empfindlichen Brüste, während sie mich weiter unten...tiefer beherrschten.

Meine Pussy zog sich zusammen und molk Jamisons Schwanz, während Boone nach innen drückte, sich zurückzog. Nervenenden, von denen ich nie gewusst hatte, erwachten zum Leben.

„Sieh nur, du nimmst uns beide. So

ein gutes Mädchen", murmelte Boone. Ich spürte, wie seine Fingerspitzen über meinen Rücken glitten, während er sich ein bisschen weiter in mich drückte. Ich war glitschig, so glitschig von all dem Gleitgel. Ich spürte hin und wieder einen Spritzer davon, als er mehr hinzufügte und sicherstellte, dass ich ihn vollständig aufnehmen konnte.

Jamison bewegte seine Hüften, stieß nach oben und ich stöhnte. Er war nicht gekommen. Er war nur regungslos geblieben, während ich mich erholt hatte.

„Wir sind noch nicht fertig, Kätzchen", keuchte er, während er meine Haare küsste.

Ich stöhnte und drückte sie beide in mir.

Boone versetzte meinem Hintern einen kleinen Klaps. „Sie weiß, wie sie uns zum Orgasmus bringen kann."

Ich grinste und küsste Jamisons Hals.

Seine Worte belebten mich, sorgten dafür, dass ich mich mächtig fühlte.

Ihre beiden Schwänze waren in mir. Ich spürte den Druck von Boones Hüften an meinem Hintern und ich wusste, er befand sich vollständig in mir.

Es war *fast* zu viel. Jamisons Hände wanderten zu meinen Armen und er hob mich hoch, hielt mich fest, so dass ich zwischen ihnen eingequetscht und ihnen komplett ausgeliefert war.

„Bereit, Kätzchen?"

Ich nickte, drückte sie in mir.

Da bewegten sie sich, wobei sie sich in ihren rein-und-raus Bewegungen abwechselten. Ich stöhnte, leise und tief. „Gott, es ist so gut. Zu viel. Nicht genug. Ich brauche...oh, ich werde kommen!"

Alle möglichen Worte verließen meinen Mund. Ich konnte nicht denken, konnte nicht verstehen, wie ich mich fühlte. Es war so intensiv, dass mir Tränen in die Augen traten und meine

Ohren kribbelten. Ich war ganz und gar die Ihre. Mein Körper gehörte mir in diesem Moment nicht. Ich hatte keine Kontrolle, konnte nichts tun, außer mich ihnen hingeben. Ihnen beiden.

„Komm, Kätzchen. Lass einfach los. Wir sind hier. Wir werden dich auffangen, dich beschützen. Immer."

Boone beugte sich nach vorne und ich spürte, wie er sich an meinen Rücken drückte, spürte seine Lippen auf meinem Hals. „Mein."

„Mein", wiederholte Jamison.

Dann hörten sie auf zu reden, die einzigen Geräusche, die den Raum füllten, war unser wildes Ficken. Glitschig und feucht, Fleisch klatschte auf Fleisch, feuchte Haut glitt übereinander, berührte sich.

Ich kam mit einem Schrei, mein Körper spannte sich an, während sie fortfuhren mich zu nehmen, mich mit ihren Schwänzen durch den Orgasmus begleiteten, bis Jamison sich versteifte, stöhnte und mich mit heißen Schüben seines Spermas füllte.

Das einzige Anzeichen für Boones Höhepunkt waren seine Finger, die sich in meine Hüften gruben. Er hielt sich selbst regungslos, tief in mir versenkt. Sein Stöhnen vermischte sich mit unserem abgehackten Atmen.

Ich war verbraucht. Ruiniert für alles außer ihnen. Nichts würde dem Vergleich mit ihnen standhalten.

Jamisons Arme fielen auf die Matratze, Boone platzierte eine Hand neben meiner Hüfte, um sich selbst oben zu halten.

Ich hatte keine Ahnung, wie lange wir so verharrten, aber Boone zog sich schließlich aus mir, langsam und vorsichtig. Ich zuckte bei dem Brennen zusammen, spürte die Flut seines Samens, der aus mir tropfte. Ich hob meinen Kopf und musterte ihn. Er hatte seine Klamotten nicht ausgezogen, nur seine Hose geöffnet, bis sein Schwanz frei war und sie hing ihm um die Schenkel.

Jamison hob mich von sich, eine weitere Ladung Sperma floss aus mir, als er mich neben sich auf das Bett legte und ich mich an seine Seite kuschelte.

Das Wasser wurde in der Dusche angeschaltet und Boone kehrte zurück, streichelte mit einer Hand meinen Schenkel hinab.

„Ich liebe dich, Kätzchen."

Ich rollte mich auf meinen Rücken und er beugte sich über mich und küsste mich zärtlich. Ich streckte meine Hand nach oben und streichelte sein Gesicht. „Ich liebe dich auch."

Er umfasste mein Handgelenk, drehte es um und küsste die Ringe, die sie mir an die Finger gesteckt hatten. Seine dunklen Augen blickten in meine, hielten sie. Ich sah die Hitze, das Feuer. Die Liebe.

„Hey, was ist mit mir?", fragte Jamison spielerisch und ich verdrehte meine Augen.

Boone hob seinen Kopf und ich drehte meinen und küsste Jamison ebenfalls.

„War das in Ordnung?", fragte Jamison, während seine Lippen über mein Gesicht wanderten.

„Zu gut."

„Wund?"

Ich zog meine inneren Wände zusammen. „Ein bisschen."

Ich hatte gerade zwei Männer auf einmal genommen. Vor nicht allzu langer Zeit war ich noch Jungfrau gewesen. Ich hatte es weit gebracht. Meine Pussy, mein Hintern und mein Herz.

„Wir werden dich jetzt sauber machen und dann eine Packung

gefrorene Erbsen holen, falls du sie brauchst. Dann werden wir es wieder tun."

Ich streckte meine Hand aus und zog an Boone, so dass er neben mir saß. Jamison auf der anderen Seite. Das war, wo ich sein wollte. Bei ihnen. Hier. Wo auch immer hier war. Es war nicht von Bedeutung. Ich war zu Hause.

Ich hob meine Hände, umfasste ihre beiden Gesichter, fühlte die Bartstoppeln auf ihren Kiefern. *Meine.*

„Versprechen, Versprechen."

MEHR WOLLEN?

Keine Sorge, es wird noch mehr von der Steele Ranch zu lesen geben!

Aber weißt du was? Ich habe eine kleine Bonus Geschichte für dich. Finde heraus, welche lang verschwundene Tochter als nächstes auf die Ranch kommt...und erfreue dich an ein bisschen extra Liebe für Penny von Jamison und Boone. Also melde dich für meinen deutschsprachigen Newsletter an. Für jedes Buch aus der Steele Ranch Reihe wird es nur für meine Abonnenten einen kleinen Bonus geben.

Durch das Eintragen in die Liste wirst du auch über meine neueste Veröffentlichung informiert werden, sobald sie auf dem Markt ist (und du erhältst ein kostenloses Buch...wow!)

Wie immer...vielen Dank, dass du meine Bücher liest und mit auf diesen wilden Ritt kommst!

HOLEN SIE SICH IHR KOSTENLOSES BUCH!

TRAGEN SIE SICH IN MEINE E-MAIL LISTE EIN, UM ALS ERSTES VON NEUERSCHEINUNGEN, KOSTENLOSEN BÜCHERN, SONDERPREISEN UND ANDEREN ZUGABEN ZU ERFAHREN. SIE ERHALTEN EIN KOSTENLOSES BUCH FÜR IHRE ANMELDUNG! TRAGEN SIE SICH IN MEINE E-MAIL LISTE EIN, UM ALS ERSTES VON NEUERSCHEINUNGEN, KOSTENLOSEN BÜCHERN, SONDERPREISEN UND ANDEREN ZUGABEN ZU ERFAHREN. SIE ERHALTEN EIN KOSTENLOSES BUCH FÜR IHRE ANMELDUNG!

kostenlosecowboyromantik.com

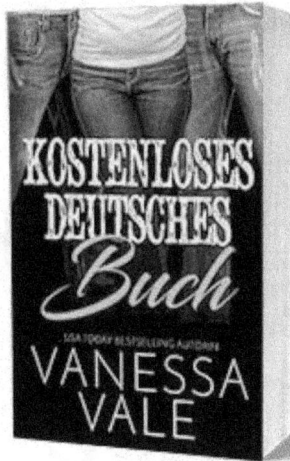

ÜBER DIE AUTORIN

Vanessa Vale ist eine USA Today Bestseller Autorin von über 40 Büchern. Dazu zählen sexy Liebesromane, einschließlich ihrer bekannten historischen Liebesserie Bridgewater, und heißen zeitgenössischen Romanzen, bei denen dreiste Bad Boys, die sich nicht nur verlieben, sondern Hals über Kopf für jemanden fallen, die Hauptrollen spielen. Wenn sie nicht schreibt, genießt Vanessa den Wahnsinn zwei Jungs großzuziehen, findet heraus wie viele Mahlzeiten man mit einem Schnellkochtopf zubereiten kann und unterrichtet einen ziemlich guten Karatekurs. Auch wenn sie nicht so bewandert in Social Media ist wie ihre

Kinder, so liebt sie es dennoch, mit ihren Lesern zu interagieren.

BookBub

Instagram

www.vanessavaleauthor.com

HOLE DIR JETZT DEUTSCHE BÜCHER VON VANESSA VALE!

Du kannst sie bei folgenden Händlern kaufen:

Amazon.de

Apple

Weltbild

Thalia

Bücher

eBook.de

Hugendubel

Mayersche

CPSIA information can be obtained
at www.ICGtesting.com
Printed in the USA
BVHW08201529O419

546836BV00002B/342/P

9 781795 947428